a maldição das cadeiras de plástico
histórias do amor enquanto desastre

Coleção dirigida por Sérgio Telles

dóris fleury

a maldição das cadeiras de plástico
histórias do amor enquanto desastre

© 2006 Casa Psi Livraria, Editora e Gráfica Ltda.
É proibida a reprodução total ou parcial desta publicação, para qualquer finalidade, sem autorização por escrito dos editores.

1ª Edição
2006

Editores
Ingo Bernd Güntert e Christiane Gradvohl Colas

Assistente Editorial
Aparecida Ferraz da Silva

Produção Gráfica & Editoração Eletrônica
Renata Vieira Nunes

Projeto Gráfico da Capa
Tron Comunicação

Capa
Renata Vieira Nunes

Revisão Gráfica
Jaci Dantas de Oliveira

Dados Internacionais de Catalogação na Publicação (CIP)
(Câmara Brasileira do Livro, SP, Brasil)

Fleury, Dóris
A maldição das cadeiras de plástico: histórias do amor enquanto desastre / Dóris Fleury. – São Paulo: Casa do Psicólogo®, 2006 – (Coleção Além da Letra/ dirigida por Sér gio Telles).

Bibliografia.
ISBN 85-7396-515-0

1. Contos brasileiros I. Telles, Sérgio II. Título. III. Série.

06-9015   CDD- 869.93

Índices para catálogo sistemático:
1. Contos: Literatura brasileira: 869.93

Impresso no Brasil
Printed in Brazil

Reservados todos os direitos de publicação em língua portuguesa à

Casa Psi Livraria, Editora e Gráfica Ltda.
Rua Santo Antonio, 1010   Jardim México   13253-400   Itatiba/SP   Brasil
Tel.: (11) 45246997   Site: www.casadopsicologo.com.br

All Books Casa do Psicólogo®
Rua Simão Álvares, 1020   Vila Madalena   05417-020   São Paulo/SP   Brasil
Tel.: (11) 3034.3600   E-mail: casadopsicologo@casadopsicologo.com.br

You shut your mouth
how can you say
I go about things the wrong way?
I am human and I need to be loved,
just like everybody else does.

Morrissey

Sumário

PREFÁCIO: Benditas cadeiras de plástico, *por Rogério Augusto* ... 9
A MALDIÇÃO DAS CADEIRAS DE PLÁSTICO 11
A MULHER ANSIOLÍTICA 17
ANTROPOLOGIA 21
A TRAIDORA 25
CORAÇÃO DE GALINHA 27
GRAÇAS A DEUS EU AINDA SOU NOVA 37
HARPIA 53
INCONFESSÁVEL 65
JUSTA CAUSA 69
LITIGIOSOS 73
MAIS UMA DESILUSÃO BARATA A CAMINHO 75
MAIS UM CAFEZINHO AGORA MESMO 77
MAKE-UP 83
NÃO DOU A MENOR 87
NOTURNO EM LENÇOS DE PAPEL 91
O AMOR É UM LEGUME 97
O CADÁVER ESQUISITO 99
PIQUENIQUE 103
RECICLAGEM 107
SAGRADA ALGA 109
SE ESSE CORPO FOSSE MEU 111
SINCERAS DESCULPAS 119
SINCERIDADE 121
S & M 125
VESTIDA DE ROXO 155

Prefácio

Benditas cadeiras de plástico

Conheci o texto de Dóris Fleury sentado na cadeira de plástico de uma oficina literária, algum tempo atrás. Ofício duro o nosso: escrever, contar histórias, criar universos. Desafio dos bons. Instigante. Sedutor. Ela deve concordar comigo.

Li seu primeiro livro: *Mulheres pintadas*. Pirei. Contos curtos, pequenas pérolas do cotidiano. Mulheres em pleno ataque de nervos. Moldura pós-moderna, pinceladas grossas. Dóris conseguiu me fisgar de primeira. Caí em sua armadilha.

Depois foi a vez de *Troquei meu destino por qualquer acaso*. Romance de tirar o fôlego, divertido. Uma deliciosa loucura sem camisa de força. Comecei e terminei a leitura num fim de semana, mesmo sendo verão. Sol brilhando lá fora.

Agora ela lança sua terceira obra: *A maldição das cadeiras de plástico*. Pergunto-me: de onde ela tirou esse nome tão original? O livro traz ainda um subtítulo: *Histórias de amor enquanto desastre*. Cadeiras de plástico + histórias de amor + desastre. Sacaram?

Este é o presente que Dóris nos oferece: um volume de contos recheado de casos amorosos mirabolantes e... desastrosos. Como ela resumiu em seu blog: "Trata-se daquela velha história: você se apaixona e vai tudo para o saco. Sem trocadilhos".

dóris fleury

Preparem-se. Vocês estão diante de uma seleção de narrativas nada idílicas. Regadas com um humor sutil e refinado, sua marca registrada. Luísa, Madalena, Poliana, Salete, Laura, Maria Lídia e outras tantas mulheres desfilam pelos contos envolvidas em situações inusitadas, surpreendentes. Os homens não ficam para trás. Patéticos, cínicos, traidores, eles atravessam o livro na contramão. Impagável desarmonia.

Outro destaque da obra: a escrita afiada e certeira de Dóris. Os diálogos são cortantes, impecáveis. Fluem naturalmente, sem esforços. Identificamos a voz de cada um de seus personagens na vizinhança, no restaurante da esquina, no elevador de um edifício comercial. Eles estão ao nosso redor, em situações corriqueiras, banais.

Em *A maldição das cadeiras de plástico*, encontramos as contradições do universo contemporâneo sem mergulhos filosóficos. Lendo estas saborosas pílulas escritas por Dóris, pensamos na ironia que cerca a vida. Percebemos a mediocridade de gestos negados. Questionamos erros de percurso. Notamos as pedras do caminho. Parafraseando a epígrafe do livro, concluímos que somos humanos e que precisamos ser amados.

Bendita Dóris Fleury. Benditas cadeiras de plástico.

Rogério Augusto é autor do livro de contos *Além da Rua*. É professor e jornalista. Tem textos publicados em antologias, revistas literárias e *sites* como o Tudo Lorota (www.tudolorota.com.br).

A MALDIÇÃO DAS CADEIRAS DE PLÁSTICO

– Não tem nada pra comer aqui.
– Pede o camarão.
– Vem encharcado de óleo.
– (...).
– Nem lugar pra sentar tem.
– Senta aqui. Nessa cadeira.
– Você chama isso de *cadeira*?
– Pelo amor de Deus, Paulo. Senta, vamos resolver logo esse assunto.

No primeiro ano em que eles vieram, a praia era deserta. Só umas casinhas de caiçara. Pescadores. Assembléia de Deus. Desconfiados daquela moçada que descia da cidade grande, fumava maconha e tomava banho sem roupa.

Ela tinha trazido livros da faculdade. Ele só trouxe um short e duas camisetas. Comiam peixe e banana. Dormiam na tenda ou à luz das estrelas, de mãos dadas. Ou não dormiam. E, no dia seguinte, bêbados de sono, cochilavam na areia da praia, entre mata, montanha e mar.

Branquinha, indefesa, numa dessas dormidas ela se queimou feio. Ele a levou ao Pronto-Socorro da cidade mais próxima. Bolhas enormes, depois, descascaram seu rosto.

Ele a achava linda.

— Sabe qual é o problema? Isso aqui virou a galinha dos ovos de ouro. Qualquer imbecil acha que pode vir aqui, abrir uma espelunca, servir uma porcaria de comida, sujar a praia com o lixo, e tudo bem, é festa, beleza, turista é pra ser explorado mesmo...

— Paulo, vamos chamar a garçonete?

— Olha só esse lugar. Olha o cardápio. Pizza de calabresa, meia catupiry... — atirou o cardápio para cima da mesa, enojado. — Imagina o que não deve ser essa pizza!

— Vocês vão querer o quê? — pergunta a garçonete. É magra, baixinha, morena, os cabelos alisados à força, tintos de cor de gema de ovo.

— Tem camarão?

— Camarão acabou — responde a moça, com os olhos postos no infinito.

— Pescada tem?

— Vão querer frita ou ensopada?

— Paulo — repete a mulher, pacientemente. — Você prefere pescada frita ou ensopada?

— Sei lá o que eu prefiro... Não tem mais nada?

— O senhor olha o cardápio — sugere a garçonete, olhando a mesa ao lado, onde um cliente lhe faz sinal. — Eu sou nova aqui, comecei ontem.

Paulo está mudo de indignação.

Na terceira vez em que vieram, já havia casas de veraneio, espalhadas pelas ruas sem calçamento. Compraram um terreninho e decidiram construir. Sem dinheiro, a obra parou no verão.

Em abril, voltaram para terminar a casa. Em julho, trouxeram um bebê loiro e branquinho como a mãe. Ela tinha tanto leite, que ajudou a amamentar uma caiçarinha da vizinhança.

a maldição das cadeiras de plástico

Da sétima vez em que vieram, trouxeram mais um bebê. Na rodovia que levava à praia, começavam a aparecer cartazes: lotes à venda, corretores de plantão. O mais velho achou uma concha na praia, que trouxe para casa e depois perdeu. Devia ter bicho morto, porque em dois dias a casa começou a feder. A família passou horas procurando a maldita concha. Tinha escorregado para o ralo do banheiro.

Mais alguns meses, e um prédio começou a ser edificado na encosta do morro. As falhas na verdura da mata já eram evidentes.

Na décima segunda vez, ela veio sozinha. Precisava de tempo e sossego para redigir um trabalho – coisa impossível em São Paulo, com a balbúrdia das crianças, perguntas da empregada, telefone tocando. O marido, depois de muita discussão, concordou em cuidar dos filhos.

Chegou, desarrumou as malas, abriu as janelas. No chão, catou um pedaço de Lego que o menor deixara por ali. Ao levantar-se, olhou a praia e notou a sujeira: uma lata aqui, um papel ali. A prefeitura não limpava. Falta de verba.

Foi para o escritório e trabalhou meia hora, até o telefone tocar. Era o marido perguntando das aspirinas. O caçula estava com febre.

Não parou de ligar até ela voltar.

– Você viu só essa garçonete? Viu?

– Vi, Paulo, vi. Não adianta brigar.

– Eles têm tanto preparo para abrir um restaurante quanto eu pra dirigir usina nuclear. É um povo escroto, vem de São Paulo querendo ganhar uma grana rápida... E olha os preços neste cardápio. Que absurdo, meu Deus! Quando eu lembro de que a gente comia quase de graça, aqui...

– É, em mil novecentos e bolinha. Esquece, isso acabou.

— Só querem explorar, é impressionante.
— Nem tudo é exploração. O pescado ficou mais difícil mesmo.
— Porque eles pescam sem controle... Esses caiçaras...
— Não são os caiçaras, você sabe muito bem.

Lá pela décima quinta temporada, os caiçaras, expulsos da praia, estavam limpando os quartos das pousadas; vendendo bananada nos congestionamentos de feriado; ou abrindo barraquinhas na praia, onde as campanhas antipoluição não conseguiam impedir que os turistas jogassem latinhas. Naquele ano, o cachorro da família veio junto e sumiu. As crianças ficaram inconsoláveis.

Na vigésima temporada, comemoraram a entrada do filho mais velho na faculdade. Assim que o resultado saiu no jornal, o pai, entusiasmado, comprou muita cerveja, dois quilos de camarão-pistola. Ela fez camarão com leite de coco. Quando a família sentou para almoçar, olhou o filho risonho – e lembrou de que a faculdade ficava a trezentos quilômetros de casa.

Na vigésima quinta temporada, finalmente instalaram um ar-condicionado na casa. Mesmo assim, ela notou que o marido de vez em quando sumia. Um dia o viu telefonando de um orelhão. Tinha um ar ausente. Quando inventou de subir a serra no meio das férias, pretextando serviço, ela teve certeza. Chamou na chincha. Ele chorou, disse que era uma coisa passageira. Ela era a mulher da sua vida.

Na temporada seguinte ele já tinha celular. E ela não teve dúvidas em abrir a conta. O mesmo número se repetia, milhões de vezes.

Foi também nesse verão que a praia pela primeira vez ganhou bandeira vermelha da Cetesb. Imprópria para banho. Coliformes fecais. Falta de saneamento básico.

a maldição das cadeiras de plástico

Ela podia ter se juntado à Associação dos Moradores – um pessoal simpático, ecológico, decidido a salvar a praia. Ela podia fazer terapia de casal, como o marido, arrependido, sugeriu. Mas sentiu um enorme cansaço.

Sei lá, nem era tanto cansaço. Mais uma preguiça.

– E esse pessoal que fica aí, derrubando palmito...
– Um horror. Mas é a pobreza, né, Paulo?
– E essa porcaria deste restaurante, é pobreza também?
– Não. Aqui é exploração mesmo, concordo.
– O senhor já escolheu? O dono mandou avisar que o camarão chegou.

Ele faz um ar resignado. Ela conhece essa cara.
– Pode ser o camarão, vai... Frito.
– Tá bom, frito.

A garçonete se retira e ele faz uma tentativa de humor:
– Com coliformes fecais.
– Pára de choramingar, você adora camarão frito.
– Pode ser. Mas olha onde estou comendo o camarão. Nessa porcaria desse restaurante xexelento, com parede de cimento, chão imundo e essa maldita... essas malditas... sabe o que me dá mais raiva, Irene?
– Sei, Paulo, sei.
– É isso mesmo. As cadeiras. Essas malditas cadeiras de plástico brancas. Tenho um horror disso, um nojo, um pavor, um... Não sei nem te explicar!

Paciente como mãe, ela deixa que ele exploda. Abre a garrafa de cerveja. Ele toma o primeiro gole. Fica mais calmo. E ela então estende a caneta.

– Assina, Paulo, assina logo. A gente vende, racha a grana, fecha o divórcio. E você nunca mais precisa voltar aqui. Nem sentar nessas cadeiras de plástico.

A MULHER ANSIOLÍTICA

Eu fico aqui pensando, meu amor. Fico maquinando. (Pois nós mulheres gostamos de pensar, analisar e roer as unhas em segredo...). O que ela fez para te roubar de mim? O que essa mulher fez contigo?

Ontem mesmo, amor, escondida atrás de uma estante, te vi entrar na livraria. Ela te conduzia pela mão, como se você fosse um cego, um velho ou uma criança. Você entrou atrás dela, obediente como o cão na coleira. Seus passos eram hesitantes. Você estava perdido; ela te guiava.

Eu fico aqui pensando, meu amor.

Ela sabe de quanto açúcar você gosta no café. E todos os dias mede o açúcar, milimetricamente. De manhã, separa uma gravata, para te poupar da angústia da escolha. E aos domingos, quando você está sem saco para o almoço da família, telefona para a sogra e pede desculpas com voz adocicada.

É ela quem atende os telefonemas, afastando os chatos com infalível precisão. É ela quem manda o carro para a revisão; quem compra meias e cuecas; quem lida com o eletricista, o pedreiro, o encanador; quem pede desconto, negocia prazos, dá pêsames ou parabéns. É ela quem cuida dos teus filhos quando eles vêm no fim de semana. Dá almoço, faz o programa, verifica as roupas. E nos aniversários escolhe os presentes.

Com ela você pode dormir em paz, sem medo de chifre. Porque ela usa esmalte de cores claras, corta os cabelos sempre do mesmo jeito e veste roupas discretas. Porque ela nunca fala certas palavras, nem faz determinados gestos. Porque ela nunca olhou para um homem com pensamentos imundos. Porque ela se contenta com o que você dá e nunca vai pedir mais. Porque a mãe dela ensinou que é feio cruzar as pernas, que é feio botar a mão lá, que é tudo muito feio. Porque até hoje ela está traumatizada com alguém que tentou fazer uma coisa feia com ela, muitos anos atrás, num lugar escuro.

E esse é o maior segredo que ela tem.

Não que ela não seja uma mulher moderna! Inclusive, tem o hábito de ler longos e instrutivos artigos sobre sexo nas revistas femininas. Dia desses talvez apresente algum excitante objeto para incrementar a vida sexual de vocês: uma vela perfumada, um óleo de massagem, uma lingerie ousada. Talvez até sugira uma posição diferente; olhou com cuidado o desenho na revista e está certa de que pode fazer sem arriscar a câimbra; e vale a pena tentar, é sempre bom tentar coisas novas! Ainda mais quando a revista explica tão bem, dá até o passo-a-passo. Pois a chama da paixão num casamento deve ser mantida com cuidado, devidamente acondicionada, é claro, pois aí vem o inverno e no inverno as coisas guardadas às vezes criam traças...

Eu fico pensando que ela nunca tomou um pileque, nunca quebrou um salto, nunca chorou em público borrando a maquiagem.

Ela nunca briga com você, nem te contesta abertamente. Expõe seus pontos de vista com jeitinho e compreensão. O jeitinho e a compreensão dela me dão ânsias de vômito; para você, devem parecer reconfortantes. Quando você acorda no meio da madrugada com uma puta angústia, deve ser bom vê-la ressonando ao teu lado.

Eu te perdi para sempre; te perdi pra ela. Porque com ela, meu amor, não há concorrência possível. Ela é a mulher dos seus

a maldição das cadeiras de plástico

sonhos. Dos sonhos de todo homem. Quando você se sente um merda, ela diz que você é um cara legal. Quando você tem dúvidas, ela dá as respostas. Quando você pisa na bola, ela finge que não viu. Ela compreende, ela releva, ela conforta. Ela diz que não é sua culpa, que você fez o melhor possível, que não teve outro jeito. É, eu fico pensando... E chego sempre à mesma conclusão: isso aí que você tem em casa, meu amor, não é mulher. É Prozac.

ANTROPOLOGIA

Depois de um mês de ausência, Maria voltou para casa, atendendo aos apelos de seu marido João. Encontrou à sua volta uma situação só comparável aos efeitos combinados de uma guerra, um maremoto, um incêndio e uma epidemia de peste bubônica. Na luta para resgatar sua casa das trevas da barbárie, Maria tomou as seguintes providências:

- localização e limpeza de cinzeiros & bitucas avulsas;
- localização e lavagem de roupas sujas, dispostas no tanque, debaixo da cama, num canto do banheiro, atrás da porta, no sofá da sala etc;
- limpeza completa da geladeira, que apresentava resíduos de aparência e cheiro duvidosos;
- limpeza e desinfecção completa do armário da cozinha, onde João esquecera um queijo de nacionalidade indeterminada e idade aproximada de seis semanas;
- disposição de uma montanha de jornais velhos;
- recolhimento de inumeráveis copos com resíduos alcoólicos;
- conserto da máquina de lavar roupa, danificada quando seu marido tentou lavar os tênis de corrida no referido eletrodoméstico;
- conserto do microondas, onde João colocara uma assadeira de metal;

- conserto do controle remoto da TV, mastigado pelo cachorro;
- lavagem de uma montanha de louça e de uma frigideira com restos de omelete, encontrada no armário do banheiro;
- convocação do jardineiro para cortar o mato do quintal, que já crescia até sua cintura;
- abastecimento da casa, onde não havia um só fragmento de alimento em bom estado de conservação;
- destruição de parte substancial do ecossistema da casa, que em sua ausência tinha incorporado numerosos ratos e baratas;
- captura do cachorro, que, depois de mastigar o controle remoto, evadira-se com medo das conseqüências do seu tresloucado ato;
- visitas diplomáticas às casas dos vizinhos, para restabelecer relações estremecidas com a realização de diversas festas de arromba na sua residência, promovidas pelo pulha do marido;
- coleta de sacos de lixo, inclusive os do banheiro, nos quais encontrou algumas camisinhas usadas;
- corte, com uma tesoura bem afiada, de todas as camisas e ternos do marido, recém-chegados da tinturaria;
- destruição de vários objetos decorativos da casa, com atenção especial a um retrato da sogra;
- reconstituição imediata das malas que tinha acabado de esvaziar;
- telefonema para o advogado;
- e, finalmente, telefonema para um antropóloga sua amiga, que estava preparando uma tese de doutorado intitulada: *De volta à selva: o* Homo Sapiens *macho*

morando sozinho. Aliás, foi esta antropóloga – Dra. Aretusa Vanderléia de Almeida – que bondosamente nos cedeu os dados acima.

A TRAIDORA

Sábado passado, seu Cristóvão foi beber com os amigos. Tomou várias pingas, esmurrou a mesa e disse que ia matar a mulher – aquela vaca traidora que o abandonou por outro. Ela que não apareça na sua frente. Ele não se responsabiliza por seus atos.

Todos os sábados, seu Cristóvão diz a mesma coisa. A mulher foi embora há quinze anos.

CORAÇÃO DE GALINHA

— Cachorro, sem-vergonha, ordinário, safado...
Chovem adjetivos.
— TRAIDOR! Filho-da-puta!
(Nossa, como ela tá nervosa...)
— Mentiroso, nojento!
— Eu posso explicar.
Falei a frase errada, está na cara. Os olhos fuzilam de ódio. Ela sacode a prova do crime na mão:
— Explicar, seu desgraçado? Calcinha no bolso do casaco? Como é que se explica isso?
— Eu volto quando você estiver mais calma...
— Seu tarado! Não precisa voltar nunca mais!

Lá fora. Tarde caindo. Friozinho incômodo. Cansadíssimo, trabalhei pesado hoje. Volto para casa e encontro uma cena dessas...
Tadinha, ficou tão nervosa... Mas vai passar. Tenho certeza que passa. Amanhã ela está mais calma. Amanhã que dia que é? Três de abril? Aniversário da avó, que a criou. A avó morreu, mas ela sempre lembra o aniversário. Fica triste. Levo num restaurante. Aquele da maionese de camarão. Caro, mas vale a pena.
Amanhã eu volto. Mas onde vou passar a noite?
De onde veio essa calcinha, minha Nossa Senhora da Acchiropita?
Luísa, agora me lembro. Luísa. Ela estava no interior a serviço. Fui com Luísa pro meu apartamento. Não agüentei até chegar lá

em cima. Foi no elevador mesmo. Parada de emergência. Ela tirou a calcinha, eu enfiei no bolso do casaco. Pretendia devolver.

Luísa. Isso. Morena. Pele bem queimada. Não desprezo loira, mas morena... Me disse que morava sozinha. Legal, a menina.

Podia ir prum hotel, mas o problema é que detesto dormir sozinho. Queria era dormir com ela, a pele macia de cetim, o cheiro de colônia no pescoço, os cabelinhos curtos fazendo cócega no meu nariz. Saudade.

Mas essa noite não vai ter. Essa noite é impossível.

Vou ligar para a Luísa.

Ficou contente, falou para eu passar na casa dela. Queria sair, mas eu disse, não, meu bem, vamos ficar juntinhos aí mesmo, no seu apartamento. Mais intimidade, sabe?

Luísa. Caiu da bicicleta com sete anos, cicatriz feia no joelho, não usa minissaia. Estava noiva até ano passado, mas rompeu, o namorado era ciumento, não dava liberdade. Está por aí, free-lancer. Não quer nada sério. Não se importa de eu ser casado. Trabalha numa agência de publicidade, tem um piercing e uma irmã nos Estados Unidos, que vai visitar no fim do ano. A irmã, não o piercing.

Luísa. A dona da calcinha. É justo que me dê abrigo. Afinal, a culpa foi dela.

Espero que essa briga acabe logo. O inverno está chegando. Inverno sem ela é impossível. Daqui a pouco, Dia dos Namorados. Preciso caprichar. Dar um puta presente. Mostrar que... Enfim...

Ela é carente, tadinha. Eu entendo. Infância difícil. A mãe trabalhava em outra cidade, mandava dinheiro, difícil aparecer. O pai se mandou. A avó era boazinha, mas não era mãe. Na escola, as outras meninas perguntavam, e aí, cadê seu pai? Ela inventava.

a maldição das cadeiras de plástico

O pai trabalhando na Dinamarca. Um dia se atrapalhou, em vez de Dinamarca saiu Suécia. Não é tudo a mesma coisa? Países nórdicos, ora. Mas as outras caçoaram dela, chamaram-na de mentirosa, infernizaram.

Não sei de onde tiraram essa idéia de que criança é inocente, boazinha. São umas pestes.

Tadinha. Por isso é tão insegura.

Luísa. O porteiro diz que acabou de chegar, com a filha. Filha? Epa, que história é essa?

No elevador, ruminando, ela não me disse que tinha uma filha. Com criança no pedaço não dá pra rolar, fico constrangido.

— Oi, gracinha.

Jesus do Céu! Essa não é a Luísa. A Luísa era morena, essa aqui é loira... Mas peraí. Eu conheço essa mulher.

— Vai ficar aí parado? Entra...

— O porteiro disse que você estava com sua filha... Vou atrapalhar?

— Não, o pai dela veio buscar pro fim-de-semana. Já está saindo.

Mais essa, agora. Um ex. Ela me faz entrar na sala. Apartamento minúsculo. Sofazinho amarelo de dois lugares. Retratos da família na parede. Essa não é a mesma mulher da outra noite. A mulher da outra noite, a da calcinha, era...

— Luzia!

— Quem é a Luzia? — ela franze a sobrancelha.

— Ninguém. Quer dizer, ahn... minha sogra.

— Você é *casado*?

Oh, meu Deus. Agora entendi. Essa aqui é a Luísa, certo. *Luzia* é a da bicicleta. Da calcinha. Do elevador. Essa aqui nem sabe que eu sou...

— Separado, não lhe disse? Luzia é minha ex-sogra. Uma megera, aliás (é preciso ser criativo).
— Você disse que era solteiro.
— A gente morava junto. Sem papel. Ficamos pouco tempo...
— Hum... — ela está me olhando suspeitosa.
— Culpa da sogra, da Dona Luzia. Acabou com o casamento. Enfim, com o...
— Vou ver se a mala da Paulinha está pronta — ela diz, carrancuda.

Luísa. Agora me lembro. Não a vejo há três meses. É dentista. A gente se conheceu quando perdi aquela obturação. A do molar esquerdo. Bonita, mesmo que loira. Separada. O marido arranjou outra. Ela quase pirou. Só não se matou por causa da filha. Faz terapia e tai-chi-chuan. Na infância morou numa cidade do interior. Botucatu, acho. Não, era Bauru.

— Esse é o Cássio. — Ela passa o braço em volta da minha cintura, visivelmente satisfeita, me apresentando ao ex. — Cássio, esse é o Roberto, pai da Paulinha.
— Muito prazer.

O cara me olha de cara feia. Troncudo. Forte. O que ela viu nesse babaca? Nossa, pensou em suicídio por causa dele? Tenha a santa paciência... Não tinha nada melhor lá em Bauru?

— Já estou indo — ele resmunga.

Ou era Botucatu?

A menina choraminga que quer levar o videogame. Magrinha, amarela. O pai sai batendo a porta.

Agora é preciso ser rápido. Não dar chance. Ela está desconfiada. Começo a beijar a criatura, agora me lembro, ela é ótima de cama, mas beija mal. Por incrível que pareça. Acontece. Com um curso intensivo, talvez melhore. Sou especialista. Modéstia à parte. Todas elas dizem.

a maldição das cadeiras de plástico

— Cai fora.
— O quê?
— Cai fora, seu babaca. Vai embora.
— Mas o que foi que eu fiz?
— Você não me contou que era casado!
— Mas eu não sou, eu não...
— Olha a aliança no seu dedo, imbecil!

Puta merda, a mulher tem razão. Erro mais elementar. Esqueci de tirar a aliança! Sabe como é, estou perturbado, briguei com ela...

— Fora daqui.
— Você só me usou pra fazer ciúme pro seu ex, não é? Luzia. Quer dizer, Luísa.
— Se você não for embora, eu faço um escândalo.
— Calma. Já estou indo.
— Rápido.
— Me sinto usado.
— Larga de ser cara-de-pau...

Na rua de novo. Quase nove da noite. Cansado. Depauperado. Duas broncas seguidas. O corpo dói. Meu problema é mulher, reconheço. Às vezes fico confuso. Troco as bolas. Acho que estou perdendo o controle. Calcinha no casaco. Aliança no dedo. As coisas vão mal...

Onde era mesmo aquele barzinho? Onde eu peguei aquela gata, dois anos atrás?

Essa eu me lembro bem. Madalena. Nome de pecadora, cara de anjo. Sorria muito, falava pouco. Não parecia muito brilhante, até que a gente foi pro motel.

Nossa Senhora. Aquilo é inteligência, né? Só pode ser. Não tem a inteligência emocional? Então. A Madalena tinha inteligência sexual. Melhor ainda.

Depois a gente conversou. Era arquiteta... Ou engenheira, não me lembro bem. Morava com uma amiga. Deu uma risadinha e confessou que não era só amiga. Sabe como é. Ela estava se decidindo. Achava que era bi. A amiga era designer. E essa aí, por acaso, também curtia homem? – perguntei.

Às vezes.

Subi pelas paredes, comecei a fazer fantasias. Perguntei se a tal amiga não toparia sair com a gente, dia desses... Ela deu mais uma risada. Fiquei enlouquecido. Anotei o telefone num papelzinho. E não é que perdi o maldito papel? Fiquei horas procurando no carro, no paletó, até no sapato olhei... E nada. Só me restava torcer para que a Madalena não tivesse me esquecido.

Um mês depois ela ligou, contando que tinha terminado com a tal amiga. Se decidira, seu negócio era homem.

– Ah, tá, legal.

Perdi o tesão, inventei uma desculpa qualquer para não sair com ela.

Mas, enfim. Se encontrar ela aqui, posso mudar de idéia. Tudo por uma cama quente.

Eu sempre lembro dos rostos. Os nomes é que às vezes me deixam confuso. Que nem essa história de Luísa, Luzia... Às vezes também troco as histórias. Outro dia perguntei pra uma menina lá do trabalho se ela continuava velejando. Velejando? – me perguntou, intrigada, e só aí saquei que tinha confundido ela com outra. Essa aí não velejava, remava. Uma bosta, às vezes a memória falha.

Mulher adora homem atencioso. Uma época, tinha até arquivo no computador. Um monte de fichas. Mas acabei jogando fora, muita sujeira. Ela era bem capaz de achar.

Abro a porta, o bar é do gênero escurinho. Ainda é cedo. Mas acho que dei sorte.

a maldição das cadeiras de plástico

Laís. Branquinha de cabelo preto bem crespo. Olho verde. Magrinha, diz que é modelo. Estuda no Mackenzie. Direito. Estava esperando umas amigas da faculdade. Chegaram meia hora depois. Tudo feia. Mas eram compreensivas, se dispersaram quando nos viram juntos.

— Laís, no que você pensa antes de dormir?

— Antes de dormir, como? — ela me olha por cima do refrigerante light.

— Sei lá, você não pensa em nada antes de dormir? Para relaxar?

Risadinha nervosa:

— Fantasia erótica, é isso?

É fogo essa mulherada, só pensa em sexo. Não é nada disso. É que eu antes de dormir sempre penso em alguma coisa relaxante, gostosa. Por exemplo, que estou boiando numa piscina de água morna. Ou que sou um gato numa almofada bem macia. Ou que estou flutuando nas nuvens... Ela me conta essas histórias bem baixinho até eu dormir. Eu durmo com a voz dela no ouvido.

— Não exatamente.

Claro que posso dormir sem a voz dela. Mas não é a mesma coisa.

A Laís vai fazer uma propaganda de chiclete. Também vai operar os seios, não acho muito pequenos? — pergunta, horas depois, quando já estamos na sua cama.

— Magina, são lindos — estou cansado e quero dormir. A Laís pode ser bonita, mas é péssima de cama. Chata. E não pára de falar:

— É, não são ruins, mas agora a moda é ter grande. Bem grande mesmo. Quem não tem, fica por fora. Minha mãe está brigando com o meu pai pra arranjar dinheiro pra operação.

— Eles brigam muito, é?

— São separados.

— Que pena. – digo eu, bocejando.

— Lá na agência tem uma menina que operou, cê precisa ver, tá pegando muito mais trabalho que eu. Eu sempre tive sonho de operar os peitos. Desde pequena. Quero ficar que nem aquela menina que faz o comercial...

No meio da frase, caio no sono. Em vez de gatos, almofadas, ou nuvens, peitos. Milhões de peitos. Silicone. Decotes. Modelos da Playboy. Outdoors com peitos, peitos, muitos peitos.

— Cássio!

— Hã? Hum? Que foi?

— Acorda, já são sete horas!

— Mas... não é meio cedo, Luana?

— Laís!

— Ah, desculpa, Laís. Luana é o nome da minha chefe... Confundi...

— Minha mãe daqui a pouco acorda. Ela não vai gostar de te ver aqui! Sei lá, nem te conhece...

— Você mora *com a sua mãe*?

— E onde eu ia morar, porra? Escuta, lindinho, foi ótimo, mas é melhor você pegar suas coisas e sair sem fazer barulho, tá? Mamãe sempre levanta de mau-humor. E eu tenho que ir pra faculdade. Me deixa seu telefone.

Oito horas da manhã.

Com certeza a essa altura, ela já está mais calma. Pensou. Refletiu. No fundo, ela me ama. A gente vai conversar numa boa, se entender...

E depois eu tinha que passar por aqui. Tomar um banho rápido. A tal da Laís nem me deixou tomar uma ducha. Hospitalidade zero. Horrível de cama. Se essa garota me liga, mando pastar.

a maldição das cadeiras de plástico

Ô merda. Ela já foi embora. O carro nem está na garagem... Em cima da mesa da cozinha, um bilhete:

"Quando voltar não quero mais ver tuas coisas. Nem você."

Brava ainda, a fofinha. No quarto a cama já foi arrumada. O cheiro fresco de shampoo no chuveiro. Uma calcinha amarela pra secar. Lar, doce lar. Magina que eu vou embora...

Ela acha que amarelo dá sorte. Estava usando um vestido amarelo quando passou na entrevista do emprego. Um laço de fita amarelo no nosso casamento. Uma saia amarela no dia do vestibular. Um sapato amarelo quando saiu o resultado, e ela e a vozinha choraram de felicidade.

Que besteira, Cássio, pára com isso, onde já se viu, tá com vazamento?

Tomara que ela volte logo.

Tomara que volte menos brava.

Porque das histórias dela, eu nunca esqueço.

GRAÇAS A DEUS
EU AINDA SOU NOVA

Poliana pegou o namorado com uma amiga. O quê? Não. Não era sua melhor amiga. E Poliana também já andava cheia do namorado, que era o maior galinha.

Mesmo assim, foi chato.

Sem namorado, Poliana dedicava seu tempo livre à Internet. Um amigo a colocou numa lista de discussão literária (Poliana estudava Letras). Foi lá que ela encontrou Toninho.

O rapaz participava de uma discussão sobre os heterônimos de Pessoa – mais especificamente, sobre a voz poética de Alberto Caeiro. Poliana mandou um e-mail, discordando respeitosamente de alguns pontos. Toninho respondeu puxando conversa. Dois dias depois, já estavam discutindo outros escritores.

Foi assim que Poliana descobriu que Toninho também estudava Letras; tinha mais ou menos sua idade; e adorava Clarice Lispector. Ora, Clarice Lispector, para Poliana, era simplesmente um codinome para "Deus".

Os dois jovens literatos começaram a trocar e-mails furiosamente; logo estavam também conversando pelo Messenger. Toninho mandou para Poliana alguns versos muito bonitos, embora um tanto parecidos com os de Álvaro de Campos. Também falavam de assuntos pessoais: Poliana contou toda a história do ex-namorado, que Toninho classificou como "um verme escroto", e, mais tarde, alternativamente, como "anta gaga".

Tudo muito literário. Mas Poliana ficou esperta. Na primeira ocasião, perguntou, *en passant*, se a namorada de Toninho também estudava Letras.

O rapaz disse que no momento não tinha namorada.

E-mails e longos diálogos no MSN se intensificaram. É verdade que, entre as aulas da Faculdade e o emprego de secretária, Poliana nem sempre tinha tempo para esse último meio de comunicação. Já Toninho estava sempre disponível. Explicou que, devido a problemas pessoais, precisara trancar a matrícula da faculdade naquele semestre. Esses mesmos problemas o impediam, naquele momento, de trabalhar. Toninho morava com os pais e irmãos num espaçoso apartamento da Zona Sul do Rio.

Pelo jeito com que falava, Poliana imaginou que estivesse se recuperando de uma depressão. Normal, todo mundo tem depressão hoje em dia, né? Principalmente pessoas talentosas e sensíveis como Toninho (e mesmo que imitassem o Álvaro de Campos).

Ansiosa para conhecer o rapaz, escolheu a melhor das suas fotografias e mandou para Toninho. Fez isso com certa confiança, pois tinha uma aparência no mínimo razoável. Razoável? Ora, a modéstia que se danasse – Poliana era bem bonita!

Toninho demorou um pouco para retribuir a gentileza. Quando sua foto chegou, veio num arquivo pesadíssimo, que Poliana teve dificuldade em abrir. Conforme a imagem ia se desenrolando na tela, surgiu a decepção: o rapaz era feinho pra burro!

Tudo bem que a foto tinha sido tirada na contraluz... Bem na frente de uma janela, ao que parecia... Mas o que dava pra ver não era promissor. Talvez porque a definição não fosse boa. Pensando bem: foto péssima, de amador.

E depois, Poliana nunca dera importância ao físico dos rapazes. O que contava para ela era o intelecto, o senso de humor, a cultura,

a maldição das cadeiras de plástico

essas coisas. E isso tudo Toninho já provara que tinha. Escrevia e-mails maravilhosos! E os dois tinham tantas afinidades – escritores de que gostavam, idéias que compartilhavam, planos para o futuro... Tudo igualzinho. Impressionante.

Um dia, o telefone da casa de Poliana tocou; do outro lado da linha, estava Toninho. O coração da moça disparou. Ele tinha uma voz tão bonita...

Pena aquela voz de mulher ao fundo.

– Poliana, quero te conhecer – anunciou Toninho. – Vem me visitar aqui no Rio!

A decisão foi tomada assim, numa avalanche de entusiasmo. Dali a dez dias, no primeiro feriado, Poliana arrumou a mochila, despediu-se da mãe divorciada, deu um beijo no focinho do cachorro e embarcou num ônibus para o Rio.

A mãe ficou em São Paulo, ansiosa por notícias. Pediu à filha que telefonasse assim que possível.

– E aí, meu amor? Como foi de viagem?
– Tudo bem, mãe... Só passei um calor...
– Ah, filhinha, mas no Rio é sempre muito quente. Onde você está hospedada? Ficou em algum hotel?
– Não, mãe, a família do Toninho me convidou pra ficar no apartamento deles...
– Que gentileza. Mas você não está incomodando?
– Não, tem bastante espaço... Eles são muito simpáticos...
– E o Toninho, hein? Vocês se deram bem?
– (...).
– Poliana? Poliana, meu bem, você está aí?
– Oi, mãe...
– Que foi? Por que você está chorando?
– Não... É que o Toninho...

— Que tem o Toninho?
— Mãe, ele é horrível! — e a moça caiu no choro mesmo.
— Horrível? Como assim, Poliana?
— Horrível! Medonho! Mãe, você não tem noção! Nunca na vida vi um cara tão feio!
— Nossa... Mas tanto assim? Você não está exagerando? Às vezes, na primeira impressão...
— Que primeira impressão! Ele é horroroso mesmo! De assustar criancinha!
Em São Paulo, a mãe de Poliana não sabia o que dizer:
— Bom, querida... Se você não gostou dele...
— *Não gostei?* O cara é um pesadelo!
— Então volte, né? Ninguém te obriga a nada...
Mas Poliana, do outro lado da linha, não parava de fungar:
— Não, mãe, você não entende. A situação é complicada. É tenso, mãe.

E antes de prosseguir esta história, é bom esclarecer ao leitor — caso ele ainda não tenha percebido — alguns fatos básicos da psicologia de Poliana. Ela padecia de bondade terminal. Com oito anos, montara uma enfermaria de cachorros sarnentos no quintal de casa. Com doze, ajudava colegas impopulares a arranjarem namorados. Aos quinze, cuidava da avó com Alzheimer. E agora aos vinte, além de acumular todas essas missões, também participava de uma ONG que dava aulas de reposição para crianças carentes.

Pois bem: ao chegar ao Rio, essa alma compassiva se deparou com um desastre em forma de gente. Se pessoas pudessem ser comparadas a catástrofes, Toninho seria um tsunami.

Era de fato medonho, e não simplesmente feinho como Poliana tinha imaginado. Orelhas de abano; acne purulenta; óculos fundode-garrafa... Isso sem falar na escoliose: o pobre rapaz vivia torto, e de vez em quando tinha que usar um colete que não melhorava sua aparência.

Se do lado de fora era esse desastre, por dentro Toninho também estava em pandarecos. Apesar da pouca idade, tinha um longo prontuário psiquiátrico, iniciado aos quatro anos. Sofria de uma série de fobias. Tinha medo de espaços fechados. De espaços abertos também, aliás. Era incapaz de dormir sem uma luz no corredor. Já passara por diversos episódios de depressão e Síndrome do Pânico.

A última crise ocorrera quando a sua primeira (e única) namorada o abandonara. Pobre Toninho, ficou um caco. Foi aí que tentou se suicidar...

— Tentou o suicídio? — perguntou Poliana, empalidecendo.

— Isso mesmo — confirmou a mãe de Toninho, que desfiava o currículo do filho para a nora em potencial. — Aquela vaquinha abandonou meu filho e ele ficou um caco. Cortou os pulsos com gilete, foi parar no Miguel Couto... E depois caiu numa depressão horrível, não saía mais do quarto. Trancou a matrícula da faculdade...

— E o Prozac?

— Não funciona no caso dele — disse Dona Selma, abanando melancolicamente a cabeça.

Lágrimas vieram aos seus olhos. Logo em seguida, entretanto, reanimou-se e afirmou que uma moça como ela substituiria com vantagem a fluoxetina.

Poliana suava frio. A família de Toninho contava com ela para "salvar" o infeliz. O garoto não saía de casa há meses. Por mais que insistissem, não queria nem dar uma volta no calçadão. Vivia trancado no quarto, lendo ou navegando na Internet. Estava fazendo terapia, mas quem disse que adiantava?

Outra pessoa sairia dali correndo. Mas – como já expliquei aqui – nossa heroína sofria de bondade em estágio avançado. Ficou.

Poliana passou quatro dias no Rio. No dia em que chegou, conseguiu convencer Toninho a dar uma volta pelo bairro.

Toninho foi, mas protestando que ainda tinha uns *sites* ótimos de literatura para mostrar à moça. Na verdade, Poliana inventara aquele passeio exatamente para sair do quarto, onde os dois tinham ficado fechados desde que ela chegara (a família, compreensiva, deixara os pombinhos à vontade...). E por mais deprimido que Toninho estivesse, seus hormônios pareciam estar em perfeita ordem. Tentara beijar Poliana várias vezes.

– Calma, Toninho. Vamos com calma – suplicava ela, escapulindo do rapaz.

Agora, estavam passeando na praia, abraçados debaixo de um sol escaldante. Poliana tinha perfeita consciência dos olhares curiosos que seguiam o par: a moça bonitinha e o rapaz esquisito de orelhas de abano.

– Você nunca vai à praia? – perguntou ela.
– Ah, eu não. Poluída.
– Mas...
– E mesmo que não estivesse, detesto calor. E aquela areia que entra no calção? E os bichinhos? Sem falar no papo das pessoas... Detesto praia, sabia?

Poliana suspirou, pensando no biquíni novinho que comprara para a viagem.

No segundo dia da visita, a família de Toninho em peso (pai, mãe, dois irmãos e uma irmã, mais avós paternos e uma tia muito simpática que veio da Barra da Tijuca) levou Poliana para comer

a maldição das cadeiras de plástico

no Porcão. Toninho não quis ir. Disse que as churrascarias, freqüentadas por uma pequena burguesia ignorante e vulgar, lhe davam aflição.

Na sobremesa, a candidata à sogra, falando baixinho ao ouvido da moça, lhe assegurou que podia dormir no quarto do Toninho. Ela entendia perfeitamente a situação, e se orgulhava de ser uma mãe moderna e sem preconceitos.

Poliana sorriu amarelo e recusou a sobremesa.

Cochilou a noite inteira, sobressaltada, no sofá da sala; morria de medo que Toninho viesse visitá-la ali. Felizmente o rapaz tomara um tranqüilizante tarja preta para dormir.

No terceiro dia, a irmã de Toninho e seu namorado convenceram o intelectual espinhento a sair com eles para um barzinho. Afinal, a coitada da Poliana não ia ficar o feriado todo trancada no apartamento!

Foi uma das piores noites da vida de Poliana. O lugar tinha pista de dança, e a irmã de Toninho ficou a noite inteira com o namorado na pista, enquanto a moça tentava repelir os avanços do pretendente. Que, aliás, a essa altura já se considerava namorado oficial.

– Vamos com calma, Toninho – implorava ela. – Também não é assim. A gente precisa se conhecer melhor...

– Conhecer pra quê? A gente combina em tudo, não tem mais o que conhecer – afirmava o rapaz, apaixonado.

Parecia um polvo, cheio de tentáculos e ventosas. Sem falar no detestável sotaque carioca. No fim da noite, encurralou Poliana no banco de trás do carro e conseguiu beijá-la.

– Foi horríveeel! – gemia a coitada, de volta para São Paulo, contando o episódio. Sua melhor amiga, Carol, rolava de rir.

– Você vai me desculpar, Poli, mas é hilário...

— Hilário porque não foi com você! Nossa, quase morri! O beijo dele parecia... parecia...

— Parecia o quê, criatura?

— Parecia uma ostra me beijando, juro por Deus! A sensação deve ser a mesma!

Carol não parava de rir.

— Tinha litros de cuspe naquele beijo! — gemia Poliana. — E a língua dele, então? O cara deve ter uns dois quilômetros de língua! Quase alcançou minha amídala!

— Pára, Poli, que eu passo mal... Mas me diz uma coisa: como ficou, no fim?

— Sei lá! No quarto dia, inventei que minha mãe estava doente e saí correndo pra São Paulo!

— Mas vocês estão... sei lá... namorando?

— Nada disso! Deus me livre, não quero compromisso com aquele cara!

— Mas ele sabe disso? Ou está lá no Rio, crente que você é namorada dele?

Poliana abriu a boca para responder. Depois fechou de novo.

Pois ali começava a pior parte da história: Toninho estava convencido de que os dois estavam namorando. Mandava uma enxurrada de e-mails, telefonava para a casa de Poliana, telefonava no celular... Um pesadelo.

Poliana queria esclarecer as coisas. Mas não era fácil. Sempre que pensava no assunto, lembrava-se da ex-namorada que levara o rapaz ao suicídio. Pelo amor de Deus, ela não queria ser responsável por uma coisa dessas! Por isso aceitava todas as declarações de amor do rapaz, sem retribuí-las, é claro — mas também sem contestar. E, de longe, sem que precisasse ver sua cara, ele era uma gracinha. Tinha descoberto uns autores

a maldição das cadeiras de plástico

portugueses fantásticos, e assegurava a Poliana que Saramago já era coisa do passado. Dava indicações, palpites nos seus trabalhos escolares.

Um telefonema daqui, um e-mail dali, e ela foi levando a situação durante um mês. Foi então que dona Selma telefonou, exultante, para lhe dar a boa notícia: Toninho destrancara a matrícula, voltaria à faculdade no semestre seguinte. E esse progresso, sem dúvida, se devia à menina.

– Ele está outra pessoa, Poliana, você nem imagina!

– Que bom, Dona Selma... – dizia a moça, sentindo correr pelas costas o famoso suor frio.

– E acho que agora convencemos o Toninho a fazer o tratamento!

– Tratamento? Mas ele já não está em terapia, Dona Selma?

– Não, bobinha! O tratamento de ortodontia! Desde pequeno o dentista diz que ele precisa fazer. Além do problema da arcada dentária, dá excesso de salivação, entende?

– Entendo, Dona Selma.

– E tudo graças a você, Polizinha.

Para completar a felicidade de Dona Selma, só faltava a menina voltar ao Rio. Dessa vez, é claro, para uma visita mais prolongada. Trabalho? Estudo? Ora, bobagens! Tirasse licença médica. Como? Ora essa, atestado falso! Ela tinha um clínico muito amigo, aí mesmo em São Paulo, que podia lhe dar o papel.

– Não posso porque semana que vem começam as provas.

– Não posso porque meu cachorro vai dar à luz. Ahn, quer dizer, minha cachorra.

– Não posso porque minha mãe está doente. É, de novo. Coitada, anda péssima de saúde.

– Não posso porque estou gripada. Muito gripada.

— Não posso porque esse fim-de-semana é aniversário da minha melhor amiga.

— Não posso porque...

Os fins-de-semana seguintes puseram à prova a criatividade de Poliana. Haja desculpa furada! Haja família doente, professores implacáveis, chefes carrascos, amigos exigentes! Dois meses depois, já tinha esgotado todas as desculpas minimamente críveis, e estava quase cedendo aos e-mails chorosos de Toninho, quando este – talvez para inflamar sua paixão – mandou-lhe uma nova foto.

Essa tinha boa iluminação e ótima definição. Dava pra ver perfeitamente o sorriso do rapaz, emoldurado por um aparelho de dentes novinho.

— Não posso porque no sábado começam as aulas na academia!

A desculpa era idiota, mas verdadeira. Vida de intelectual junta gordura, e Poliana andava cheia dos pneuzinhos. Matriculou-se numa ótima academia e foi lá que conheceu Rogério.

Rogério não tinha a mínima idéia de quem fosse Clarice Lispector ("essa mina aí é da tua faculdade?") e achava que Fernando Pessoa fosse integrante da equipe econômica do governo ("Tô ligado. Banco Central, né não? Vejo sempre ele no *Jornal Nacional*..."). Em compensação tinha olhos verdes, músculos definidos e um sorriso avassalador. Nunca pegava num livro, só visitava sites pornôs e era o maior baladeiro.

A princípio, Poliana não queria se envolver com ele. Claro que não! "Nada contra, Carol, mas é outra tribo, né?", explicou à amiga, que a olhava com ar cético, enquanto as duas bebericavam seus sucos de laranja no saguão do Espaço Unibanco. Mesmo assim, logo na primeira semana foram para um motel.

— E aí? – perguntava Carol.

— Show de bola, menina! – dizia Poliana, revirando os olhos, extasiada.

— E o beijo?
— Incrível!
— Por acaso não lembra uma ostra? — perguntava a outra, explodindo em risinhos incontroláveis.
— Cala a boca, Carol! Cruz Credo! Quer me brochar, é?

As semanas passavam e Poliana não enjoava de Rogério. Longe disso. Descobriu qualidades no baladeiro, além das físicas. Ele adorava animais. Tinha uma irmã gracinha, fonoaudióloga. Um bom senso de humor. E nem era tão burro, tinha lido *O apanhador no campo do centeio*. Gostou, achou "um bagulho muito forte".

De tão entusiasmada, Poliana se esquecia de responder aos e-mails de Toninho. Até que, um dia, quando chegou em casa, a mãe a avisou:

— Sua sogra acabou de ligar.
— Que sogra?
— Sua sogra do Rio, oras. Parecia nervosa...

Poliana ligou para o Rio imediatamente. Dona Selma estava de péssimo humor:

— Poliana, o que aconteceu? Você e o Toninho brigaram?
— Não, Dona Selma, é que...
— Olha, ele anda péssimo. Péssimo. Voltou a se trancar no quarto, está faltando na faculdade, falou até em largar o curso de novo. Eu não sei o que está acontecendo entre vocês, né, Poli? Você sabe que odeio me meter nessas coisas. Mas você precisa ter responsabilidade, menina. Meu filho é um rapaz sensível. Ele teve problemas...

Para encurtar a história, neste mesmo fim-de-semana Poliana desmarcou uma balada com Rogério e embarcou melancolicamente para o Rio, de avião mesmo, para encurtar a chateação. Já no Santos Dumont, só de ver Toninho abrindo para ela o sorriso metálico, teve vontade de sair correndo. Mas, fazer o quê? Foi para o apartamento com ele, reencontrou sua enorme família – que a olhava com ar zangado – e submeteu-se à programação do "namorado". Visita a sites literários portugueses quentíssimos. Uma passadinha no Gabinete Real de Leitura, ela conhecia? Lugar belíssimo. Ah, e também uma conferência e Ferreira Gullar sobre Clarice Lispector, à noite, no Fundão. Imperdível.

Toninho estava todo animado, bem diferente da ruína humana que Dona Selma tinha descrito. Contou à moça que planejava uma mudança. Estava cansado de morar com a família, muito controladora.

– Mas para onde você vai?
– Estava pensando em mudar de cidade. Quem sabe até São Paulo.
– Não!
– Não por quê?
– É horrível lá! Você vai detestar, Toninho!

Quando voltaram da conferência, Poliana descobriu que o sofá tinha sido retirado da sala.

Não teve jeito senão dormir no quarto de Toninho – que passou a noite tentando consumar a relação. Poliana teve direito, não a um, mas a vários beijos de ostra. Pensou que ia vomitar. Mas agüentou firme e impediu o pior, alegando que estava no seu dia fértil.

– Mas com camisinha...
– Ah, não, Toninho, sou muito preocupada com essas coisas. Nem pensar.

Mas Toninho era infatigável e criativo. Propôs outras soluções, e Poliana acabou tendo de concordar com uma delas.

Depois, o rapaz adormeceu, exausto, porém feliz. Poliana foi até o banheiro, lavou cuidadosamente as mãos e caiu em prantos. Pensou na pele perfumada de Rogério. Pensou na balada que tinham perdido. Pensou na possibilidade de ter de voltar outras vezes para o Rio. Pensou em outra possibilidade pior ainda: a tal mudança de Toninho para São Paulo.

Ah, não. Isso não. Tudo, menos isso.

Quando deu por si, Poliana estava na rua, de mochila às costas, procurando um táxi. Saiu de fininho, deixando Toninho e sua família inocentemente adormecidos. E, já no táxi, jurou que nunca mais botaria os pés no Rio. Nunca. Jamais. Não importava quando nem pra quê.

Cidade Maravilhosa, pois sim! O cacete!

Já em São Paulo, Poliana escreveu um longo e-mail para Toninho, explicando que não era possível continuar aquele relacionamento. Sentia que eram incompatíveis. Tinham perspectivas diferentes. Ela lhe desejava tudo de bom, mas realmente não deviam continuar. Estava num momento complicado da vida. Gostava muito dele como amigo, blá, blá, blá....

O pior nem foi a enxurrada de e-mails que Toninho mandou para ela depois disso. Poliana, covardemente, deletava as mensagens sem ler. Se ele estivesse ameaçando suicídio, não queria nem saber.

O pior foi o dia em que, inadvertidamente, atendeu o telefone e enfrentou a fúria de Dona Selma. A coisa mais gentil que ela disse à menina foi que ia processá-la por danos morais e psicológicos. Seu filho estava um caco. Abandonara a faculdade. Não falava com ninguém, passava o dia trancado no quarto. Ela, Selma, tirara todos os instrumentos cortantes do apartamento. Toninho tinha ataques de fúria, coisa que até ali nunca lhe acontecera – ele era tão meigo! Até em internação o psiquiatra já tinha falado. Poliana tinha idéia do que sofria uma mãe num momento desses?

– Mas eu...

Claro, não tinha, porque era uma fedelha mimada e egoísta. Mas ficasse atenta. Se alguma coisa acontecesse com o seu filho, a culpa seria inteiramente dela. Só dela, entendia? E o tal processo não era só ameaça. Ela que consultasse um advogado. Ela ia ver uma coisa.

— Mas...

Nesse momento, a ex-futura sogra de Poliana bateu o telefone na sua cara, deixando a ex-futura nora culpadíssima e em pânico.

Pobre Poliana! Desde o divórcio dos pais, sempre tivera muito medo de advogados.

Levou dias se recuperando da bronca de Dona Selma. Mas dali a três semanas nem pensava mais no assunto. O importante é que a história estava encerrada. A mãe de Poliana consultara um advogado, que dissera que aquela história de danos psicológicos era palhaçada.

Rogério voltou de uma viagem para Miami, e a convidou para uma festa na casa de um colega. No dia da festa, os dois, no maior atraso, foram parar num motel. Tiveram uma noite incrível.

No dia seguinte a moça, toda lânguida, estava tomando o café-da-manhã numa padaria perto da sua casa, abraçada ao atlético fã de Sallinger. De repente, reparou que Rogério fixava uma figura atrás dela. Voltou-se, e quase teve um infarto:

— Toninho! O que você está fazendo aqui?

— Sua mãe não quis dizer onde você estava... Aí eu saí procurando!

O rapaz tinha um aspecto ainda mais assustador do que o normal. Emagrecera. O cabelo estava despenteado. Vestia um velho agasalho amassado, e Poliana, com um arrepio de horror, imaginou que ele tinha viajado direto do seu quarto embolorado, lá no Rio, para as ruas da Zona Oeste paulistana. Pronto para estragar uma manhã inesquecível.

a maldição das cadeiras de plástico

– Seus pais sabem que você está aqui?
– Poliana, quem é esse cara?
– Toninho, se acalma, por favor!
– Poli, que história é essa? – disse Rogério. – Quem é esse mané?
– Ele é... bom....
– TIRA AS MÃOS DA MINHA NAMORADA!
– Poli, você é *namorada* desse cara?
– Não! Não! Não é isso! É que...
No momento seguinte, Toninho empurrou Rogério para um lado. E um milésimo de segundo depois, estava no chão, derrubado por um murro fulminante.
– Puta cara folgado! – exclamou Rogério, ainda sacudindo o punho.
– Não bate nele, Rogério, pelo amor de Deus! – chorava Poliana, no auge da aflição.
– Não bate por quê? O cara chega aqui, me empurra, diz que eu estou com a namorada dele, e depois eu ainda não posso bater?
Toninho, já de pé, cambaleava, com um filete de sangue escorrendo da boca. Tentou avançar de novo em Rogério. Poliana, aos prantos, o segurava. Rogério preparou outro murro.
– Não bate nele! – repetiu a moça, desesperada.
– Ah, é? Me dá uma boa razão pra eu não bater nesse cretino!
– Rogério! Pelo amor de Deus! Ele é doente!
A mão do rapaz baixou:
– Doente?
– É... Doente da cabeça, entende? Autista! Eu fui pro Rio, conheci ele, e o coitado ficou imaginando coisas...
– Ah... – disse Rogério, já arrependido. – Não sabia. Você devia ter explicado. Desculpaí, cara. Foi mal. – E, como um cavalheiro, estendeu a mão ao deficiente.

Toninho não dizia nada. Só olhava para Poliana, com uma expressão de dor inexprimível. Depois, virou as costas e foi embora da padaria, sem dizer uma palavra.

No dia seguinte, a mãe de Poliana, corajosamente, enfrentou a mãe de Toninho, e se assegurou de que o rapaz já estava no Rio. Um verdadeiro milagre, segundo Dona Selma. Um amigo da família o encontrara vagando no Aeroporto de Congonhas, sem dinheiro para voltar ao Rio. Viajara sem avisar a família. Voltara para casa, em péssimo estado, com um lábio inchado, como se tivesse apanhado. Estava enrolado na cama, em posição fetal. Dona Selma queria comunicar apenas uma coisa à mãe de Poliana:

— A senhora criou um monstro!

E bateu o telefone.

Nunca mais tiveram notícias de Toninho.

Claro que Poliana voltou ao Rio – muitos anos depois. Veio em lua-de-mel, inclusive. Andou no bondinho do Pão de Açúcar. Passeou pela Floresta da Tijuca. Foi ao Cristo Redentor. E passou dias e dias na praia, de biquíni. Depois de duas semanas, o marido sugeriu – por que não? – um passeio diferente. Poliana já ouvira falar do Gabinete Real de Leitura? Claro que não era o programa típico de turista no Rio, mas podiam tentar uma variadinha, quem sabe...

Poliana, que se esturricava ao sol do meio-dia, de olhos fechados, levantou o pescoço, abriu um olho para o marido e perguntou:

— Gabinete Real de Leitura?

— É. Um lugar bonito, diz que fica no Centro... Quer ir lá hoje à tarde?

— Nem fodendo – disse Poliana.

E fechou de novo os olhos.

HARPIA

Meritíssimo senhor juiz, senhores jurados. Antes de mais nada, gostaria de agradecer a permissão para defender minha causa nesse julgamento. Nem todos os réus, eu sei, têm essa chance! Seja qual for a pena a mim aplicada, levarei para o fundo de minha cela – quiçá para o resto dos meus dias – a gratidão por essa oportunidade.

Sim, claro, senhor juiz. Prometo me ater aos fatos, como foi combinado com meu advogado. Aliás, gostaria de deixar claro que não alimento qualquer desconfiança na capacidade profissional do Dr. Estêvão. Apenas achei – achamos, na verdade – que alguns fatos relativos ao crime só seriam realmente compreendidos com a exposição do próprio criminoso. Ou seja, eu mesmo.

Matei sim, senhores, confesso. Eu poderia negar a autoria do crime. Poderia alegar que minha esposa foi assassinada por um criminoso, um assaltante que invadiu nossa casa. Afinal, ela sempre teve mania de deixar as portas destrancadas. O rolo de massa que foi usado como arma do crime sumiu, e quando foi recuperado num lixão, já não servia como prova.

Sempre fui considerado um marido exemplar. Ninguém nunca desconfiaria de mim se não tivesse me entregue à polícia, devorado pelo remorso. Matei a mãe dos meus filhos e nunca poderei me perdoar. Mas espero que minha pronta admissão do crime e meu arrependimento sejam considerados, na hora de impor a pena.

Além disso, existem fatos de nossa vida conjugal – minha e de Maria Lídia – que deveriam ser conhecidos, antes que esse júri dê sua sentença. Fatos atenuantes. Fatos verdadeiros. Fatos que minha própria esposa confirmaria, se estivesse viva!

E se, é claro, não estivesse na hidroginástica... Hoje não é terça-feira? Terça-feira ela tinha aula, pobrezinha...

Meu marido me acha burra, mas pensa que eu ligo? Tô cagando e andando.

Ele me olha com uma cara! Parece que eu tô fedendo. Mas fedendo muito, sabe que nem carniça? Ou bosta? Rá, rá! Pensa que eu ligo? Não tô nem aí! Acha que fico em casa me lamentando? De jeito nenhum! Saio, passeio, me divirto com as minhas amigas. Venho aqui pra hidroginástica. Ele que fique lá... Se embolorando com seus livros.

Casei muito jovem, meus senhores. Tinha vinte e três anos. Nessa época, as pessoas se casavam jovens, e sabem por quê? A paixão, senhores. Casávamos movidos pelo fogo da paixão. Os mais jovens não vão acreditar, mas estou vendo um senhor, ali na terceira fila, que entende do que estou falando. Costumes medievais, senhores jurados. Usanças bárbaras.

As moças de boa família tinham que casar virgens. Assim aconteceu com Maria Lídia, minha noiva durante quatro anos. Tivemos que esperar eu conseguir uma cadeira de professor de Língua Portuguesa, para casarmos.

O noivado foi vigiadíssimo. Namorávamos na sala, sob a vigilância da senhora minha sogra, já falecida. Curti quatro anos de espera. Quatro anos, meus senhores! O máximo que ganhava era um beijo um pouco mais ardoroso no portão, na hora da despedida. Isso até o momento em que a minha falecida sogra tossia – ela tinha um catarro medonho – e gritava:

– Maria Lídia! Passa já pra dentro, senão apanha friagem!

a maldição das cadeiras de plástico

Aliás, minha sogra... Eu deveria ter prestado atenção, senhores jurados, à mãe da minha noiva. Dona Eponina era gorda, tinha uma papada enorme, rugas até o sovaco. E era uma megera. Meu sogro mal podia levantar a voz em sua presença. Aliás, a conselho aos jurados solteiros, que estejam em vias de se comprometer que observem com cuidado sua futura sogra. Existe uma coisa chamada hereditariedade...

Sim, senhor juiz. Os fatos, somente os fatos. Como eu dizia, casamos muito jovens – eu com vinte e três anos, ela com dezenove. Maria Lídia era uma moça lindíssima. É pena eu não ter um retrato dela comigo... Uma beleza. Foi Miss Suéter, sabiam? Cabelos castanhos, olhos pretos lânguidos, um tantinho de sardas... Usava sombra preta em volta dos olhos, aqueles olhos de um negro profundo, emoldurados por cílios enormes... E a cinturinha então? Cabia na minha mão. Pernas maravilhosas, senhores. Desculpem mencionar o fato nesse tribunal, mas é preciso dizer: minha esposa, quando nova, tinha pernas fantásticas! E eu ali, ao lado daquela beldade, aquela deusa, sem poder encostar um dedo! Os senhores entendem agora porque a gente casava cedo?

É um palerma, um mosca-morta, um babaca de argola! Sempre foi. Desde a época do namoro. Você acredita que a gente noivou quatro anos e o pamonha nunca encostou um dedo em mim? Nunca! E olha que não faltou oportunidade. Claro, o namoro era da moda antiga, né. A gente namorava na sala, com minha mãe vigiando, pra eu não ficar mal-falada, morou? Que na época usava essas coisas, da moça ficar mal-falada. Hoje em dia não, é uma beleza. A moça sai, dá mais que xuxu na serra, e ninguém acha ruim...

Mas mamãe, coitada, era compreensiva. Saía da sala, ia tomar água, demorava pra voltar. Pois você acredita que o paspalho ficava lá, parado, sem tomar a iniciativa? Um dia perdi a paciência e não tive dúvida, enfiei a mão dele no lugar competente, rá, rá! Nossa! O homem ficou branco! Olhou pra mim todo assustado e gaguejou: "Que é isso, Maria Lídia?".

Hoje isso acabou, né? Eu entendo essas coisas, sou uma mulher moderna, rá, rá! Pensa o quê? Olha o comprimento da minha saia! E já sou avó, viu? Avó moderna, de minissaia! Rá, rá!

Enfim, casamos. Como já disse, durante meu noivado nunca tive nenhuma intimidade com Maria Lídia – nem física, nem intelectual. A física, como os senhores podem imaginar, resolvemos logo. Em Poços de Caldas, para ser mais exato.

Já a intelectual...

Conforme os meses foram passando, constatei que minha noiva – coitadinha – não era exatamente uma sumidade. É triste dizer isso, senhores, porque afinal das contas ela está morta. Mas minha falecida esposa não teve educação bem cuidada. Estudou num colégio de freiras medíocre, onde aprendeu canto orfeônico, tricô e umas três frases em francês. Nunca pegava um livro, um jornal. Só lia *O Cruzeiro* para se inteirar das fofocas sobre as atrizes da época.

Quando eu tentava lhe falar do meu trabalho – por exemplo, da minha tese de mestrado – notava que seu olhar ficava vazio. Várias vezes me interrompia perguntando insignificâncias – por exemplo, se gostava da cor do seu vestido, ou o que achava da Mara Rúbia. Bocejava. Em outras palavras, meus senhores, fazia tudo que é humanamente possível a uma mulher para demonstrar tédio e aborrecimento.

Não pensem que desisti fácil. Já que o assunto da minha tese – a Literatura Medieval Portuguesa e Herculano – a aborrecia, procurei interessá-la em outros luminares das letras lusitanas. Presenteei-a várias vezes – em aniversários, por exemplo – com livros de Eça de Queirós e Camilo Castelo Branco. Qualquer pessoa minimamente familiarizada com esses autores concordará que eles estão longe de provocar o tédio... Pois Maria Lídia recebia, agradecia – com visível ar de decepção – e enfiava num canto. Anos depois eu os reencontrava intocados...

Pois bem, não gostava de Literatura Portuguesa. Talvez não gostasse nem de literatura em geral – lamentável, mas fazer o quê? Não pensem que a culpei por isso. As pessoas têm habilidades diversas, não é?

Procurei interessá-la em política internacional – a nacional, por algumas contingências da época, era assunto perigoso. Como não gostava de jornais, assistia com ela os noticiários de TV e procurava comentar os acontecimentos importantes da atualidade. Veja só que coisa, meu bem, o homem chegou à Lua! E essa guerra do Vietnã, hein? Que problema! E o que você acha, meu amor, da questão de Israel?

Maria Lídia bocejava e pedia pra ver a novela.

Ih, caiu o sabonete! Vou pegar com cuidado senão os peitos caem, rá, rá! Agora deixa eu me enxugar, que já viu, né? Gente velha pegou friagem está ferrada, vem o reumatismo.

Como eu estava dizendo: meu marido é um chato. Você nem tem idéia, meu bem. Logo que casamos, começou com umas histórias pra boi dormir. Que era pra eu ler, pra me informar, não sei mais o quê. Com o tempo percebi que tinha vergonha de mim.

Não, minha flor, não estou exagerando. Você é mocinha, não conhece os homens. O Eduardo dava aquelas reuniões lá pros amigos dele – tudo uns mortos de fome, metidos a coisa, a intelectual – e tinha tanta vergonha de mim, que me mandava pra cozinha enrolar pastel. Isso mesmo. Aquele pastel que fiz no aniversário da Duda, aqui da hidroginástica. Gostou? Receita de família. Se quiser te dou.

Eu achava até melhor ficar na cozinha. Os amigos dele eram muito chatos, falavam uns troços que eu não entendia, me dava sono... Eu quando tô com sono é um problema. Pode estar o papa falando comigo, durmo na frente dele. Durmo, ronco e babo. Rá, rá!

A mulherada então, faça-me o favor. Tudo mal-cuidada, descabelada, com aqueles saiões compridos parecendo crente... E meu marido lá no meio, todo feliz. Falando de política, de livro, e de quem fez não sei o quê no departamento de não sei quem. Eles se achavam todos de esquerda, revolucionários, essas bobagens todas. Mas na hora do vamos ver adoravam um título: porque o professor... porque o doutor...

Doutor, uma ova! Doutor pra mim é só médico. Um monte desses doutor foi parar no xilindró, naquela época. Ou teve que sair fugido do país feito bandido. Imagina só que vergonha. Bela merda os tal dos título!

Os anos foram passando. Vieram os filhos – Vladimir, o mais velho, e Liliane Aparecida, a caçula. Nem preciso dizer quem escolheu o nome de quem...

Em matéria de gostos e caráter, meus filhos puxaram à mãe. A Liliane sempre teve horror aos estudos. Vivia do cabeleireiro para a discoteca, lembram das discotecas? Acabou engravidando e casando com um marginal qualquer por aí. Claro que o casamento não deu certo, e ela voltou pra casa, onde ficou assistindo novela e reclamando da vida. Estudar? Trabalhar? Nem queria saber.

Hoje se casou de novo, é mãe de três filhos, o marido está rico. Maria Lídia diz – dizia – que eu deveria ficar feliz com ela. Feliz? Meus senhores, outro dia peguei a Liliane Aparecida – sangue

a maldição das cadeiras de plástico

do meu sangue, carne da minha carne – falando "pobrema"! "Pobrema"!

Foi uma facada no coração, senhores. Até hoje o sinto sangrar.

Meu filho, vocês já viram, veio testemunhar. Não pensem que tenho nada contra sua opção sexual. Sou uma pessoa aberta, sem preconceitos. O que me dói não é o Vladimir ser "promoter" de casas noturnas... como se diz hoje em dia? GLS, não é? É um trabalho como outro qualquer. Mas meu filho nunca leu um livro na vida, e o último filme que assistiu foi *Priscila, a rainha do deserto*. Não temos comunicação, é muito difícil conversar com ele.

Deve ser por isso que me chamou de monstro insensível, e caiu no choro aqui no tribunal. Ele era muito apegado à mãe. Não lhe quero mal...

Bem, meus senhores, prosseguindo a história do meu casamento. Não aconteceu numa semana, num mês, nem mesmo num ano. Um belo dia – Liliane Aparecida já tinha casado, e Vladimir saído de casa para morar com um decorador – olhei para o meu lado e vi... uma harpia.

Sim, é isso mesmo. Eu estava casado com um monstro. Minha doce noivinha de olhos negros e cintura fina tinha se transformado numa harpia.

Vai fazer plástica? Faz muito bem, menina! Faça logo, enquanto está com tudo em cima, cheia de amor pra dar! Eu, se for fazer plástica, o coitado do médico nem sabe por onde começar. Rá, rá! E isso que eu fui bonita...

Mas hoje em dia... tá uma desgraça, né? Não precisa mentir pra me agradar. Sei que estou um bagulho. Um desastre de fenemê! Peito caído, barriga, ruga até no pé... A única coisa que ainda vale a pena são as pernas. Por isso capricho na minissaia! O resto tá medonho. Mas sabe de uma coisa? Pelo menos não preciso mais fazer regime. Como e bebo à vontade, graças a Deus, apetite é que não me falta. Às vezes até tenho indigestão, mas aí resolvo o assunto com um bom laxante. Passo a noite que nem flor: plantada no vaso!

E depois, se cuidar pra quem? Pra aquele chato do meu marido? Eu sei que ele me acha horrorosa. E daí? Por acaso ele está lindo, com aquela barriga e a careca?

Juro, senhores jurados. Aconteceu de repente. Foi um choque pra mim. Minha noiva encantadora, minha mulher bonita, mesmo que inculta, tinha se transformado numa harpia. Ou seja – se algum dos senhores não teve a oportunidade de fazer estudos clássicos, que aliás, eu recomendo, são a base da cultura – um monstro mitológico com cabeça de mulher e corpo de abutre.

Com a idade, Maria Lídia enfeiou muito; pior ainda, parecia sentir um prazer mórbido em se avacalhar. Começou a tingir o cabelo numas cores horríveis, vermelho, loiro cor de xixi, uma coisa medonha. Foi ficando seco, parecia palha, todo arrepiado. E as raízes brancas apareciam. Será que as mulheres acham que os homens não reparam nisso?

Depois da menopausa, então, engordou feito um porco. Principalmente na barriga. Maria Lídia nunca foi muito alta, aí ficou parecendo um barrilzinho. E não se mancava. Seu gosto foi piorando, se vestia de forma cada vez mais vulgar – aliás condizente com seu comportamento, porque depois de velha pegou a mania de dizer tudo que lhe vinha à cabeça. Inclusive palavrões. Vão me achar antiquado, mas não acho bonito uma senhora daquela idade, já avó, dizendo obscenidades a torto e direito.

Em matéria de roupa, sua pior mania era a minissaia. Eu morria de vergonha. Nas raras vezes em que saíamos juntos pedia, implorava para que colocasse um vestido mais discreto. Ela não cedia. Dizia que tinha pernas bonitas e queria mostrá-las. Claro que nunca cheguei a mencionar as varizes... Mas ela tinha um monte.

Vivia na aula de hidroginástica, o que aliás era um alívio, porque enquanto estava lá eu pelo menos não ouvia sua voz de gralha cacarejante. Os senhores já notaram que determinadas mulheres, ao envelhecer, desenvolvem uma voz... galinácea? Um horror! E falava sem parar, ficou mais tagarela com os anos. Só bobagem: porque a novela, porque a amiga que fez plástica, porque o emprego do Vladimir... Como se desse pra chamar aquilo de emprego... Sim, claro, senhor juiz, serei mais objetivo.

A senhora aí, de tailleur verde, está me olhando com ar chocado... Mas veja bem, minha senhora, nunca fui infiel à minha mulher. Nunca! Sempre a respeitei. Outro qualquer a teria trocado por uma mocinha com a metade da sua idade. Mas eu não. Não sou desse tipo.

Não vou negar que, pelo menos uma vez, me senti atraído por outra mulher. Tenho que confessar... É uma moça que eu estava orientando, mais como um favor, porque como os senhores sabem já estou aposentado. Inteligentíssima. Especialista em Fernando Pessoa, aliás o seu doutorado é sobre ele. Não se trata de nenhuma mocinha, já foi casada, tem um filho... Convivemos bastante, e de fato a Renata – nem pretendia citar seu nome! – me atraiu. Ela é linda, suave, feminina. Tem um porte de sílfide, delicada, esbelta...

Sempre fui respeitoso e até paternal com ela. Sei que na minha posição – primeiro como professor, segundo como homem casado – não posso me permitir certas coisas. Nosso relacionamento permaneceu inteiramente platônico. Eu adorava Renata, mas à distância. Conversávamos horas sobre poesia, e as sutis nuances entre os diversos heterônimos de Pessoa... Uma amizade, uma afinidade intelectual, que minha mulher nunca poderia entender.

Apesar de nunca termos tido qualquer relacionamento impróprio, Renata foi, de certa forma, o pivô do assassinato.

Ele tem tanta vergonha de mim, que nem me convida mais pra sair. Azar! Eu saio com a moçada aqui da hidro. A gente dá risada, toma uns chopes, se diverte. Bem melhor do que ficar trancado naquela biblioteca com aquelas porcarias de livros. Nunca entendi que graça ele vê nisso. Livro é um troço tão chato...

Ultimamente arranjou uma franguinha que vai lá em casa. Diz que está fazendo doutorado. Dá pra ver na cara dele que o bobão está apaixonado.

Não, isso não. Duvido que estejam de caso. Ele já está numa fase que nem Viagra dá jeito, rá, rá! Verdade. Faz anos que o bimbo não levanta. E depois outra, não tem coragem. Sempre foi muito covarde. Sangue de barata.

Já já eu acabo com a graça dele. Também não sei o que ele vê na tal da moça, toda lambida, sem bunda, nem peito... E aliás moça é gentileza; tem no mínimo uns trinta e cinco, se já não tiver batido nos quarenta.

É verdade, senhor juiz. Exatamente como meu advogado disse. Com a idade, e muitas horas de estudo, sempre sentado, fui desenvolvendo esse pequeno problema de saúde. Nada grave, mas bastante incômodo. Muito comum em profissões sedentárias.

A essa altura, aliás, eu estava mais confinado do que nunca à minha biblioteca e aos meus estudos. Aceitei outros orientandos. Escrevi um livro. Trabalhava mais do que quando estava na ativa. Tudo para ficar longe de Maria Lídia, que me inspirava verdadeiro horror. Só de ouvir aquela risada dela – tinha uma risada metálica, estridente, rá, rá! – sentia arrepios.

a maldição das cadeiras de plástico

Fui ficando cercado, confinado àquele pequeno espaço da minha casa. Maria Lídia ocupava todos os demais cômodos. Assistia TV até altas horas. Sempre os piores programas, de novela mexicana a Raul Gil. Ria tão alto com essas bobagens que perturbava meu sono. Por isso adquiri o hábito de só ir dormir depois que ela se recolhia, bem tarde. Saía da biblioteca e ia para a cama bem devagarzinho, pé ante pé, para não fazer barulho.

Também comecei a sentir uma certa animosidade dela em relação a Renata – as mulheres são muito sensíveis com essas coisas. Uma vez, Maria Lídia derramou café em cima da coitada. Só se referia a ela – pelas costas, claro – como sirigaita, lambisgóia ou coisas piores, que não tenho coragem de repetir na frente do seleto corpo de jurados.

Acabei me arranjando para só falar com minha orientanda pelo telefone, e encontrá-la apenas nas dependências da faculdade. Assim não irritava Maria Lídia.

Mas todas essas precauções foram inúteis, e hoje em dia estou aqui, sendo julgado pelo assassinato de minha esposa. É um pesadelo, mal posso acreditar. Agi movido por uma emoção que me cegou. Todos que me conhecem poderão testemunhar que nunca, em toda minha vida, me envolvi num só episódio violento. O que aconteceu foi uma fatalidade.

Na manhã do crime, fui ao médico para tratar daquele meu problema de saúde. Enquanto isso, Maria Lídia estava na aula de hidroginástica. Infelizmente me atrasei no trânsito e cheguei depois dela.

Entrei na cozinha e lá estava minha mulher. Tinha acabado de enrolar a massa do pastel e atendia ao telefone. Pelo tom de voz, entendi imediatamente que falava com Renata:

— Não, meu bem. Ele não está, viu? Não sei quando volta. Hoje tinha hora no proctologista pra examinar as hemorróida. Do jeito que a coisa tá, vai demorar bastante. Rá, rá!

Meritíssimo juiz, senhores jurados. Não tenho mais nada a dizer. Com a palavra, o senhor promotor.

INCONFESSÁVEL

De todos os absurdos da sua vida, o que mais lhe dá saudade é uma paixão de adolescência. Um amor inconfessável.

Naquele tempo, tinha catorze anos. Acordava tarde, pois já tinha desistido da escola. A escola, aliás, também já tinha desistido dela. E a mãe nem estranhava mais encontrá-la em casa, quando telefonava do trabalho às onze da manhã. Fazia algumas recomendações abstratas e depois pedia para falar com a empregada.

Ela então se enrolava feito um animalzinho no sofá, e ficava assistindo seriados sobre adolescentes americanos de pele perfeita. Se tinha fome, ia até a cozinha e fazia um pão com geléia, sem falar com a empregada. Comia na frente da TV mesmo. Ficava de camisetão a manhã inteira.

À tarde, as amigas saíam da escola e lhe telefonavam (apesar das mães, que a consideravam má companhia). Depois geralmente saía e emendava com uma balada. Só voltava de madrugada.

Até o dia em que ele chegou.

No começo não lhe deu confiança. Mas quando ele foi pintar a sala, começou a puxar conversa.

– Você é minha neta cuspida e escarrada – disse.

Ela não gostou, ficou incomodada: por acaso aquele baiano estava lhe dando uma idéia? Não se ligava, pô? Mas ele, inocente, achava que lhe fizera um elogio. Sorriu para ela, até.

Não estava acostumada a sorrisos. A maioria dos adultos, quando falava com ela, tinha um ar exasperado.

Começou a responder às suas perguntas, a ouvir a conversinha de sotaque carregado: ele viera do Caicó. Onde ficava o Caicó? Ora essa, mocinha, não aprendera na escola? Era no Rio Grande do Norte. Terra famosa.

— Minha neta sabe mostrar no mapa... Bichinha estudiosa, quer fazer faculdade. Eu disse pra ela: não se avexe, meu bem, você querendo vô põe um dinheiro de lado. Você também quer fazer faculdade, a menina?

Engrolou qualquer coisa, vagamente envergonhada.

A conversa dele deveria chateá-la. Eram recordações da mocidade, das gentes do Caicó, da fazendinha do pai, dos bailes que freqüentava:

— Isso aí já faz bem uns quarenta anos, a gente ia numa rapaziada pela estrada, encontramos um jegue... Tu sabe o que é um jegue?

Falava enquanto pintava as paredes, sem olhar para ela – distraído em sua prosa, mergulhado no passado. O jegue. A primeira namorada. Se chamava Rodesinalda.

— Não é pra rir, não. O povo lá no norte não gosta de nome muito igual... Então chamou-se Rodesinalda. Hoje tá casada, mãe de família, é até avó. O marido veio pra São Paulo, não prestava, arranjou outra mulher. Coitada da Rodesinalda. Ela estava era muito feliz, se tivesse ficado mais eu.

A televisão fora desligada há dias. Agora ela ficava ouvindo a conversa dele, seguindo-o pelos cantos enquanto pintava o apartamento.

Levantava cedo para vê-lo. Colocava um jeans, uma blusa, até sapatos.

Procurou em esquecidos livros escolares, não conseguiu achar o Caicó. Acabou aparecendo na aula de Geografia do colégio. O professor, surpreendido pela pergunta, demorou para responder:

a maldição das cadeiras de plástico

ah, sim, Caicó ficava no Seridó, região do Rio Grande do Norte. Local rico em açudes. E aliás, como era o nome dela? Não se lembrava de tê-la visto na classe...

Quando a pintura estava para acabar, a mãe, caprichosa, decidiu que não gostava daquela cor. Quis começar tudo de novo. O pintor concordou – em troca, é claro, de um bom extra.

E lá se foi ela de novo atrás dele, fazendo a ronda do apartamento. A pintura lhe deu uma alergia incurável, ela tossia e espirrava sem parar.

Um dia ele não veio. Mandou avisar que precisava resolver uns assuntos na cidade. E ela passou o dia irritada. À noite, saiu com uns amigos que sempre tinham pó.

No dia seguinte, mesma coisa. O homem não veio nem mandou satisfação.

– Essa gente é tudo igual – resmungou a mãe. – Somem, largam o serviço no meio, e depois ainda querem receber. E ele também tinha que trocar o piso...

– Não volta mais. – Sentenciou o pai.

Sem dizer nada, ela saiu da mesa batendo a porta. Foi trancar-se no quarto. Ficou olhando o teto. E se ele não voltasse mesmo?

Lembrou do seu sorriso de dentes amarelados. Das mãos calosas. Da barba grisalha espetando o rosto moreno.

Um nó subiu pela sua garganta, sentiu um baque no peito. Algo estranho lhe acontecia. Uma coisa suja e feia, tão feia que chegava a ser bela. Uma mania, um vício, uma história. Uma sede incalculável.

No dia seguinte o pintor voltou sorridente, como se nada houvesse acontecido. Ela o seguiu de cômodo em cômodo, enquanto ele, papagueando, terminava a pintura, começava a trocar o piso. A mãe se queixava de que ele enrolava. Ela via, com angústia, o trabalho terminando. Cada cômodo pronto lhe dava vontade de morrer.

Poucos dias antes do fim, ele lhe comunicou, confidencial:

— Depois desse serviço volto pro Caicó, não sabe? Juntei um dinheirinho. Uma parte dou pra Marizilda – minha neta, aquela que lhe falei. Outra parte, já comprei uma casinha na minha terra. Não fico mais aqui em São Paulo. Isso é uma terra desgraçada, só dá assalto, polícia atirando nos meninos, povo muito ignorante...

Ela fechou os olhos e soube, com certeza, que morreria, se não pudesse mais ouvir sua voz cantada, nem sentir o cheiro de suor das suas roupas.

Dali a uma semana ele terminou o serviço. Um mês depois ela juntou umas coisas, roubou dinheiro do pai e sumiu. Foi parada na Rodoviária, quando já tinha comprado uma passagem para o Caicó.

JUSTA CAUSA

Raymundo Magalhães. O nome imponente, com ípissilon no meio, está no seu RG encardido. Ali aprendemos que Raymundo é do Crato, no Ceará; filho de Maria Deonilda, nome do pai em branco. Cabeça-chata mas bem-apessoado, chegando aos cinqüenta. Um ou outro cabelo branco, o corpo firme. O ar de distinção o qualifica para o cargo de porteiro do edifício-sede de um conglomerado de mídia. Raymundo usa terno escuro e gravata, fala baixo, é educado, tem anos de casa. Faz o turno da noite e conhece todos os jornalistas, que nunca deixam de cumprimentá-lo: beleza, seu Raymundo? Ele responde afável; está quase se aposentando, mora no Piqueri com a mulher, sustenta uma filha e uma neta, ainda tem muitas prestações da casinha por pagar.

Os jornalistas vão indo embora, lá pelas nove está tudo vazio.

Até que se abre o elevador e sai uma moça. Uma jornalista. Bom, moça é gentileza, já deve ter passado dos quarenta. Cargo importante na empresa, disso até seu Raymundo sabe. Diretoria. É de lua; tem horas que cumprimenta, outras passa sem olhar o porteiro. Não que ele se importe.

Dessa vez está amável, puxa conversa, quer saber: como foi seu dia? Muito cansado, seu Raymundo? Um pouco, minha senhora. Não precisa me chamar de senhora, que é isso, seu Raymundo. Também fiz hora extra hoje. Como a gente trabalha, né? Já vai sair? Quer uma carona? Não, incômodo nenhum, imagina. Que custa dar carona pra um colega?

A moça é tão gentil, fica chato recusar. Saem no carro dela, novo em folha, com ar condicionado e poltronas de couro. No caminho ela pára numa rua escura. Fecha os olhos, pula vários andares da pirâmide social e agarra o porteiro.

Seu Raymundo não sabe o que fazer, o que dizer para a moça. Ela começa a chorar, pede desculpas. Diz que sempre sentiu uma atração por ele. E depois, se ele soubesse:

–... eu levo uma vida horrível, Raymundo – posso chamar você assim? Horrível. Meu marido me largou por outra, vivo sozinha, não tenho ninguém, só meu trabalho. E todos me odeiam nessa empresa. Eu sei o que dizem pelas minhas costas! Minha vida é um inferno, o senhor reparou que mês passado faltei vários dias? Pois é. Não comente com ninguém, dei outra desculpa, mas estava no hospital. Tentei suicídio. Foi num fim de noite, fiquei sozinha em casa; me deu uma depressão que o senhor nem imagina! Tomei todos comprimidos que tinha, e olhe que tinha muitos, faço tratamento com psiquiatra. Quase morri.

"Mas agora já estou melhor.

"Seu Raymundo, eu juro por Deus que se o senhor não me levar agora mesmo prum motel eu me atiro da ponte e morro afogada nesse rio fedorento".

Fazer o quê? Seu Raymundo é levado pela jornalista maluca a um motel. Suíte presidencial, uma fortuna, ele nunca esteve num lugar desses. Vinte anos de fidelidade irrestrita à Dona Marli, sua esposa. E comer a tal mulher não é fácil, ele está inibido, e, pra falar a verdade, ela é muito feia, pernas finas, um narigão enorme, ar de demente. No fim ele consegue um desempenho razoável, fechando os olhos e pensando na mulher. A jornalista parece satisfeita.

O problema é que não pára por aí, ela volta outras vezes. Sempre a mesma manobra, fica mais tarde e oferece carona ao funcionário. Ele sente remorso, vergonha. Imagine se os colegas de trabalho soubessem. Imagine se Dona Marli soubesse! Começa a perceber também que a moça, quando fica até mais tarde, enche a cara. Já chega arrastando as palavras, e fixando o porteiro com um ar de luxúria embriagada que lhe dá calafrios.

No começo ainda tenta dizer não, mas a moça é clara: não brinque comigo, tenho poder pra colocar você na rua. E é verdade. Seu Raymundo não pode perder esse emprego, e a filha, tadinha? mãe solteira que não recebe um tostão do pai do seu neto? E as prestações da casa? E o filho casado que ele também ajuda a terminar a faculdade?

No motel, fecha os olhos e pensa na carne macia da esposa, enquanto ataca os ossos pontudos da jornalista.

Mas ela se torna exigente. Bebe e faz declarações de amor, Raymundo, estou apaixonada. Vamos morar juntos, não agüento mais aquele apartamento vazio.

Mas o que as pessoas vão pensar?

Elas que pensem o que quiserem, estamos no século vinte e um, sou dona do meu nariz.

Mas e a minha mulher?

Não estou nem aí com a sua mulher.

E os meus filhos?

Eles que se fodam.

Uma hora é cínica, outra doce; mas sempre maluca, louca, demente. Quando bebe bastante fala do ex-marido, chora, diz que quer ter um filho com o porteiro. Que sua frio, desesperado.

Um dia chega em casa e encontra Dona Marli assustada, ligou aí uma mulher esquisita, não disse o nome, parecia drogada, sei lá. Queria falar com você. Quando disse que não estava, me xingou e bateu o telefone na minha cara. Quem é essa sujeita, Raymundo?

Naquela noite o porteiro se decide, chega, vai acabar com essa história. Se for demitido, paciência, pega o Fundo de Garantia. Já tem bastante dinheiro lá, dá pra agüentar enquanto arruma outra coisa.

Às dez da noite sai com a jornalista e diz, você me desculpe, mas assim não dá; minha mulher está aborrecida, vai descobrir tudo e aí é um problema. Melhor parar com essa história, imagine se seus colegas ficam sabendo, não é? Que vexame pra senhora, digo, pra você.

A mulher não responde nada, fica em silêncio ao volante. Raymundo pensa que ela vai aceitar as coisas, mas de repente a jornalista berra, você quer me abandonar, seu desgraçado? Me usou e agora quer me jogar fora feito lixo? Ah, mas isso não fica assim. Pisa no acelerador e joga o carro por cima da ponte.

A jornalista quase morre, Raymundo bebe um monte de água fedorenta. A história se espalha, ele é demitido por justa causa.

Já nenhuma beleza pra começo de conversa, a mulher leva trinta pontos na cara. E Raymundo perde trinta anos de FGTS.

Também demitida, hoje à tarde a jornalista está armando sua terceira tentativa de suicídio, à base de muita vodka e tranqüilizantes; enquanto isso Raymundo se prepara pra ver o programa do Gugu no recesso do seu lar, em companhia de Dona Marli, sua esposa. Ela sabe de tudo e já o perdoou.

LITIGIOSOS

Ontem eram um casal, hoje são só uma briga. Brigam pela casa. Pelo carro. Pelo fogão e pelo microondas. Pelos tapetes da sala. Pela cafeteira da Tia Arlete. Pela caneca *Estive em Blumenau, lembrei-me de você...*

Não têm filhos, felizmente. Mas brigam pela custódia do cachorro.

Os advogados das partes, exaustos, às vezes trocam comentários no corredor do fórum. Não agüento mais essa perua. O doutor me desculpe a franqueza, eu sei que ela é chata; mas seu cliente também é um maníaco. Terceiro corretor que ele manda avaliar a casa! O martirizado causídico encolhe os ombros, a colega quer que eu faça o quê?

Finalmente um juiz perde a paciência e encurta a conversa. Depois os senhores reclamam que a Justiça brasileira é lenta. Chega de bobagens. Façam logo esse acordo. A senhora leu? Está de acordo? O senhor também? Muito bem, assinem na linha pontilhada.

A casa é vendida, o dinheiro dividido, o carro fica com ela, ele se contenta com o fogão, o microondas e o freezer. Os tapetes, deram pra vizinha. A cafeteira... Onde foi parar a cafeteira?

Os dois se dizem roubados.

Meses depois, vão ao cartório assinar os papéis do divórcio. Agora é oficial. Sacramentado. Não há mais nada a fazer. Nem um tapete de banheiro pra brigar.

Aí eles vão embora, cada um pra sua casa. Chorar na cama que é lugar quente.

MAIS UMA DESILUSÃO BARATA A CAMINHO

__Fato__: Algumas pessoas, nos primeiros estágios do sono, acordam sobressaltadas, com a sensação de estar caindo de uma grande altura.
__Tese__: Para os paleontobiólogos, este seria um resquício da pré-história, quando a indefesa espécie humana dormia em árvores para não ser surpreendida por predadores.

E dessas árvores, naturalmente, às vezes a espécie humana caía.

Q. E. D.: Ele pisca o olho, todos os meus homens errados me piscam o olho. Ele cruza as pernas, que são longas; fossem curtas, quem sabe eu escapava. Ele sorri e eu caio. Caio da bicicleta, caio da prateleira, caio da escada e vou rolando até o último degrau rumo à fratura de crânio.

No primeiro sono eu sempre caio. Dizem que é uma lembrança de milhões de anos atrás, quando eu morava em árvores e era macaca.

Estou caindo e ele toma chope gelado. Estou caindo e ele me sorri como se estivesse a passeio. Mas não é passeio. É roubada. Estou caindo e vou ralar o joelho. Estou caindo e vou quebrar os dentes. Estou caindo e esse filho-da-puta ri, e toma seu chope gelado enquanto eu ardo em febre.

Então me levanto e digo que estou com pressa, preciso ir. Atiro uma nota de pouco valor em cima da mesa. E saio aos trambolhões, tropeçando em gente que deu o azar de estar no meu caminho. Sei que ele está perplexo. Sei que vai dizer a todos que sou boazinha, mas meio maluca. Sei que daqui uns dias telefona. E eu atendo, e ele se identifica, e eu feito imbecil completa, em vez de cortar a ligação vou ouvindo, ouvindo, ouvindo. Viajando em velocidade supersônica rumo ao poste, ao muro, ao abismo. Perdendo o pé e escorregando do galho da árvore de onde, depois de tanta evolução, eu, macaca que sou, não paro de cair.

MAIS UM CAFEZINHO AGORA MESMO

Não, eu não tive culpa. Juro que não tive. Não foi minha culpa se ele me encheu de porrada, quebrou o apartamento inteirinho, me xingou de tudo quanto é nome e depois me deu mais porrada pra completar. Se estou com olho roxo e um dente quebrado, dessa vez não foi minha culpa.

Sabe, ele tem um gênio horrível. Não é má pessoa, mas tem gênio ruim. E eu faço tudo pra agradar esse homem! Ontem, por exemplo, ele chegou e a comida já estava pronta. Porque se tem uma coisa que irrite ele, é esperar pelo jantar.

Fui tirando o casaco dele e perguntei: "Como foi seu dia?". Ele respondeu: "Muito bom, graças a Deus". Agora você veja: como é que uma pessoa diz que teve um dia bom, agradece a Deus, até sorri, e uma hora depois dá um murro na minha cara? Dá pra entender? Mas ele é mesmo imprevisível. Sempre tive um fraco por homens imprevisíveis... Azar meu. Minha prima outro dia me disse que eu gosto de machão, mas aí também já não concordo.

Bom, continuando. Tirei o casaco dele. Agora, eu acho que é muito importante pro relacionamento do casal um se interessar pelo trabalho do outro. Aí já perguntei: e o chefe, não implicou com você? Não, hoje ele até estava calmo. E aquela sua colega perua? Ele me olhou como se não entendesse. Aquela, que rouba suas idéias! Ah, disse ele, sem muito interesse. Foi viajar.

Perguntei se primeiro ele queria tomar banho ou se preferia jantar. Se preferisse comer estava tudo pronto, era só servir. Também se quisesse tomar banho a empregada já tinha trocado as toalhas. Preferia jantar ou tomar banho? Ele me olhou como se não entendesse e eu repeti, jantar ou banho? Ele disse que não sabia, ia ver um pouco de televisão.

Sentou e ligou a TV, ficou vendo o noticiário econômico. Estavam dando as cotações do dólar. Eu comentei com ele que o apresentador era bonitão. Ele então me lançou um olhar torto e me disse pra calar a boca. Vai ver ficou com ciúmes.

Esperei o apresentador acabar e perguntei de novo se ele queria tomar banho ou jantar.

"Tá bom, vamos jantar", ele disse, e percebi que estava meio atravessado. Vai ver foi a cotação do dólar. Hoje em dia a gente vê noticiário e fica de cabelo em pé, é só notícia ruim, não tem bom-humor que agüente. De qualquer maneira fui buscar a comida, e ele até sorriu quando botei na mesa o viradinho.

Durante o jantar vi que franzia a testa. Perguntei se tinha posto sal demais no viradinho. Ele disse "não, não" já naquele tom de voz impaciente. Fechei a boca e fiquei olhando ele disfarçadamente. De vez em quando franzia a testa e ficava com aquele olhar distante. Comecei a me perguntar se ele não tinha tido mesmo problemas no trabalho, com a perua da colega, ou algum relatório – essas coisas de executivo que eu não entendo, minha área é outra.

Ou quem sabe um problema de saúde.

– Foi no médico? – perguntei, de repente.

Ele me olhou como se não entendesse nada:

– Médico pra quê?

– Pra sua dor de cabeça.

– Já passou, não tenho mais – disse ele.

– Mas você esfregou o olho agora mesmo...

— Estou cansado.
— Quer deitar depois do jantar?

Eu sei no que ele pensou. Vi o olhar torto que me deu. Mas pelo amor de Deus! Que tipo de animal ele acha que eu sou? Acha que vou sugerir sexo, quando ele está com dor de cabeça?

— EU NÃO ESTOU COM DOR DE CABEÇA! TÁ BOM?

Isso ele disse berrando. E ainda deu um murro na mesa. É o que eu falo: o gênio desse homem é horrível. Calei a boca e esperei ele terminar. Tirei os pratos.

— Quer sobremesa?
— Não, obrigado.
— Mas é aquele pudim de leite que você adora.
— Não, obrigado.
— Mas tem calda de caramelo.
— Não quero.
— É aquela calda de caramelo que você gosta.
— NÃO QUERO A PORRA DO PUDIM!

Deus do céu. A coisa estava feia. Com certeza tinha tido um dia péssimo. Não adiantava disfarçar! No mínimo andaram falando de novo em cortes de pessoal. Não sei pra que esquentar tanto, ficar tão nervoso. A vida não é só dinheiro. Tem outras coisas importantes. No fundo eu acho que o problema dele é esse: muito apego às coisas materiais. O espiritual, zero.

— Tá bom, tá bom, não precisa ficar nervoso.

Mas eu tinha feito aquele pudim com tanto carinho.

— Então quer seu licorzinho?
— Que licorzinho?
— Aquele que você comprou na loja de importados, semana passada...
— Aquilo não é licor. É vinho do porto.
— Tanto faz. Vai querer?

– Não quero nada doce.

Hum. Já tinha entendido. Foi a calça que não entrou nele, hoje de manhã.

Não falei mais nada.

Tirei a mesa. Bati as migalhas na pia, com cuidado para não sujar o assoalho. Coloquei os pratos pra lavar. Tomara que a empregada não chegasse muito tarde no dia seguinte...

Quando fui sentar na sala, ele já tinha ligado a televisão. Estava assistindo aquele seriado de seres alienígenas, detetives do FBI. Troço chato pra burro, não sei como ele agüenta. Mas tem que assistir senão surta. E ai de você se falar com ele durante o programa.

Esperei os comerciais.

– Amorzinho...

– Hum.

– Queria te dizer uma coisa.

– Fala.

Mas nem tirava os olhos da televisão.

– Você não precisa se preocupar.

– Se preocupar com quê?

– Bom... sabe... com a sua linha...

– Linha? Que linha?

– A cintura, amor.

– Como?

– A calça, meu bem. A calça que não entrou em você hoje de manhã.

Dessa vez ele tirou os olhos da TV. Estava furioso.

– Tá me chamando de gordo, é isso?

– Não, amor. Muito pelo contrário. Eu ia dizer pra você...

– Não acredito que você tem a cara-de-pau de interromper meu programa favorito pra me chamar de gordo!

Meu Deus, que gênio horrível esse homem tem! Tentei consertar:

a maldição das cadeiras de plástico

— Pelo contrário! Eu ia dizer que aquela calça não entrou porque foi lavar e encolheu!

— Você quer me fazer um favor? Não, mas você quer me fazer um grande favor? Quer fechar essa matraca e me deixar ver o programa?

— Mas agora é só comercial...

— Comercial nada, olha lá, já voltou! E só passa uma vez por semana! Mais uma palavra e eu juro por Deus que te encho de porrada!

Foi assim mesmo que ele disse. Mais tarde eu contei pro delegado. "Então pelo menos ele avisou", disse o troglodita, com uma risadinha. Muito engraçado.

Claro que eu fiquei com medo quando ele falou. Às vezes ele fica meio violento. Fui lá pro quarto e pensei em telefonar pra minha mãe. Mas já sabia que ela ia me aconselhar, pela milésima vez, a largar ele. E isso eu não quero.

Depois de meia hora voltei pra sala e ele continuava de olho grudado na televisão. O seriado dos aliens já tinha acabado. Ele estava assistindo o Ratinho. E dando risada. Pra você ver: o cara no fundo é um grosso. Gosta do Ratinho.

— Posso falar?

Ele levantou os olhos, impaciente.

— O que você quer?

— Você precisa me dar suas roupas pra eu levar pra costureira... É só juntar as que estão rasgadas, sem botão...

— Agora não vou fazer isso.

— Mas desse jeito você fica sem uma roupa decente.

— Agora estou muito cansado.

Disse isso com voz triste, eu até fiquei com pena. Não é brincadeira o que esse homem se mata naquele escritório. E ninguém dá valor.

— Você quer um cafezinho?
— Não. Já disse que não quero nada.
— Só um cafezinho pra animar.
— Não precisa se incomodar.
— Mas eu faço num instantinho! Boto a água pra esquentar e já tá pronto!
— Eu não quero café.
— Daquele especial, que seu amigo mandou da fazenda!
— Não quero!
— Mas...
— Enfia esse café no cu!
Fui chorar na cozinha.

Era quase meia-noite quando ele foi deitar. Nessa altura, eu já tinha chorado todo meu reservatório. Ele deitou, virou do lado, não fez nem um carinho em mim e dormiu roncando feito um porco.

No meio da noite acordei com a luz acesa e ele xingando tudo quanto é palavrão. Tinha levantado pra pegar um copo d'água e deu uma topada feia no cantinho da cômoda. Deslocou a unha encravada. Sentado na cama, uivava de dor, dizendo que estava cheio daquela merda daquela unha, daquela bosta daquele quarto pequeno daquele apartamento escroto e daquele emprego mais escroto ainda que fazia ele usar aquela porra daqueles sapatos apertados.

Perguntei se ele queria ir ao Pronto-Socorro. Ele não respondeu. Perguntei se queria gelo. Ele me olhou como se estivesse com ódio de mim. Eu não sabia mais o que dizer. Ele continuava gemendo alto de dor. Os vizinhos iam ouvir.

E foi aí que eu cometi meu grande erro.

Perguntei se ele queria um café.

MAKE-UP

Demonstradora não; nem promotora de vendas, por favor. Sou esteticista. Trabalho nessa loja de departamentos, oferecendo às clientes maquiagem grátis de uma linha de cosméticos muito boa. E tem gente que gosta tanto que até abusa.

Foi assim com ela. Começou a vir todos os dias. Depois de uma semana expliquei, muito sem graça: olha, desculpe, mas minha supervisora não me deixa maquiar sempre as mesmas clientes, entende? Ela olhou para os lados, depois baixou a voz e falou: querida, desculpe se te criei um problema. Mas é que entrei num emprego novo, tenho que me apresentar bem e sou tão desajeitada com maquiagem. E já viu, estou sem grana. Será que você não tem um horário em que...

Minha supervisora só chegava às dez e meia. Ela começou a vir todos os dias às dez, e eu maquiava bem rápido pra ela ir pro emprego. De vez em quando comprava uma coisinha: um lápis, um batom. Quase sempre vinha sozinha; uma ou duas vezes trouxe uma colega antipática, que depois saiu com ela cochichando e dando risadinhas.

Eu logo descobri o que ficava bem nela.

Desenhar as sobrancelhas, passar uma base translúcida, afundar os olhos que eram um pouco saltados, mas de uma linda cor: avelã. Ela tinha a pele branca, e os cabelos de um castanho claro muito bonito. Uma vez até me perguntou, você acha que devo ficar loira? Hesitei um pouco, primeiro porque sou tímida e segundo porque acho perigoso dar esse tipo de conselho. Mas acabei respondendo, acho que não. Ela deu uma risadinha com cuidado para não estragar o batom. Usava uma tonalidade cor de vinho, ensinei logo da primeira vez, era o melhor para realçar a sua pele. Tinha uma boca tão linda, de lábios bem cheios.

Eu tenho boca fina. Existem truques para realçar, é claro, mas nunca é a mesma coisa.

Quando eu maquiava ela, nossos olhos ficavam à mesma altura. Às vezes eu até corava, nem sei por quê. E sentia o cheiro dela. Você vai achar que estou mentindo, mas ela também cheirava a avelã; conheço o cheiro porque na prateleira atrás de mim tem um perfume francês com esse aroma, e está escrito no rótulo, *Noisette*, que é avelã em francês. Mas ela não usava perfume; o cheiro era dela mesmo.

Uma ou duas vezes sorriu para mim, e eu retribuí o sorriso. Ela sempre me dava um beijo no rosto, quando chegava. Eu sentia o perfume de avelã. E me perguntava quem ela seria? O que faria no tal emprego? Comecei a imaginar que viera do interior e morava sozinha numa quitinete, como eu. Com certeza voltava para casa, abria a geladeira vazia, cozinhava uma sopa instantânea e ficava vendo televisão até dormir. Como eu.

Será que se sentia sozinha? Como eu?

Quando acabava a maquiagem, eu sempre achava que ia me dizer alguma coisa, conversar comigo, sei lá. Mas ela só me dava outro beijo no rosto e sumia. Tinha medo de chegar atrasada, me explicou.

Se a minha supervisora me pegasse me matava.

A moça veio todo dia durante umas semanas, antes do Natal. No começo de dezembro apareceu toda feliz, contando que **arranjara** outro emprego, com salário melhor, do outro lado da cidade. Isso foi numa quinta-feira. Disse que sexta seria seu último

a maldição das cadeiras de plástico

dia, e fazia questão de me trazer um presentinho. Senti um nó na garganta, mas consegui protestar que não queria nada, imagina. Ela repetiu que fazia questão.

Maquiei ela em silêncio, triste, nem sei por quê. Afinal a gente nem chegou a fazer amizade. Mas sabe como é: quando você se sente só, às vezes se apega a qualquer pessoa.

Quando ela se levantou da cadeira me deu uma coisa, não sei; agi por impulso. Perguntei se não queria sair comigo naquele fim-de-semana. Podíamos ir ao cinema, eu gosto de cinema. Ela me olhou como se gostasse também. E depois – acrescentei, encorajada – a gente podia ir ao meu apartamento, eu cozinhava uma coisinha qualquer; sou boa cozinheira. O que ela achava?

Ela me deu um sorriso que eu achei especial. Aí disse que sim, claro, por que não? Amanhã a gente combinava; ela ainda viria uma última vez pra se maquiar e trazer o tal presente.

No dia seguinte fui trabalhar toda feliz, sentindo uma leveza, uma coisa gostosa por dentro. Como se tivesse na boca um gosto de aniz, que nem daqueles drops, sabe? E o gosto virasse um cheiro fresquinho e me envolvesse numa bolha azul. Meu Deus quanta besteira estou falando – mas eu sou assim, preciso de cheiros e cores para me explicar. Na hora marcada ela apareceu com um pacotinho de presente debaixo do braço. Não estava sozinha. Trouxe com ela a tal amiga antipática, e as duas me olhavam de um jeito esquisito.

Não disse nada, só a maquiei como sempre. Nem comentei da saída, ficava chato na frente da outra. Quando a maquiagem terminou, ela virou pra mim, deu um sorriso cor-de-vinho e disse: "Aqui está o seu presente. Obrigada por tudo!". E antes que eu pudesse dizer qualquer coisa, virou as costas e se foi.

Abri a caixa do presente. Lá dentro tinha um vibrador.

Só aí reparei que elas estavam do outro lado da loja, me olhando e se dobrando de rir.

Guardei a caixa até hoje, com o vibrador.

De vez em quando, quando estou me sentindo muito feliz, achando o mundo ótimo e as pessoas boas, abro a caixa e olho. Só pra me lembrar de como as coisas são, de verdade.

NÃO DOU A MENOR

Agora que a noite avança para a madrugada assassina; que estou aqui de pé nesse terraço, esperando, e o vizinho da frente há muito tempo já apagou a luz.

(e)

tive de buscar lá dentro um casaco, pra agüentar o frio.

Só agora me ocorre

Que você me mata de tédio.

Que suas conversas são tolas, insignificantes, estúpidas.

Que você é um ser humano lamentável.

Burra, de uma burrice transparente e cristalina.

Que sua conversa pra mim é tortura chinesa.

Ontem mesmo,

Trinta minutos martelando sobre a bota que comprou no shopping,

Mais trinta falando da doença da cunhada, "que é muito querida". Você confunde rim com fígado; você fala respeitosamente do Doutor Fulano, do Doutor Sicrano, "que opera no Einstein"; você diz "celurgia"; e eu quero morrer, ficar surdo, qualquer coisa para escapar da sua matraca. Mas não digo nada, só dirijo o carro, Ponte da Cidade Jardim, Faria Lima, na Rebouças um tremendo congestionamento, e quando chegamos à Paulista você já mudou de assunto, quer que a gente passe o carnaval em Porto Seguro, ouvindo axé na praia; já foi várias vezes, sabe rebolar em todos os ritmos, adora, ama.

Ignorância eu respeito, ignorância não é culpa de ninguém. Se você fosse uma coitada que viveu a vida inteira na favela; se ostentasse uma tímida, graciosa e robusta ignorância – eu te respeitaria, meu amor.

Mas você tem curso superior. Sorri com dentes de quem foi ao ortodontista dos oito aos vinte. Nunca leu um livro na vida, mas usa perfume francês e roupa de grife. E o seu problema não é ignorância, é uma burrice avassaladora.

Burra e vulgar. Antigamente só puta tingia o cabelo dessa cor que você usa. Ou botava esses decotes até o apêndice, essas saias que mal cobrem a bunda; e nem vou começar a falar do salto agulha, nem do tal preenchimento de lábio que deixou você com cara de retardada; já brigamos por isso uma vez, não, não vou falar. Mas é claro que tudo mudou. Nos dias de hoje, você anda por aí desse jeito e todo mundo acha legal. Nem corre o risco de estupro. Acho que nem estuprador tem estômago pra você.

Nunca perguntei do teu passado sexual. Boto a camisinha e rezo uma oração bem forte, só isso. Nunca perguntei, mas você conta, com naturalidade encantadora: "Fulano de tal, a gente ficou aquela noite...". "Sicrano, fui pra um motel com ele..." Se o Fulano ou o Sicrano forem casados, tanto faz pra você, tudo é relativo, ninguém é de ninguém, vale tudo, já entendi, não vou contestar, hoje em dia é assim mesmo, né? Mas sabe de uma coisa, o feminismo que se dane, não vou ser politicamente correto – pra mãe dos meus filhos, você não serve.

E se por acaso tem essa ilusão na cabeça, vá tirando rapidinho.

Aí você, mesmo não sendo muito brilhante, pode perguntar: mas se sou tão ruim, por que você fica comigo? Ora por quê. Resposta fácil, meu bem, a mais óbvia do mundo. Fico porque você trepa como ninguém. Fico porque na cama, pelo menos, você tem talento. Por causa de uns poucos centímetros da sua anatomia.

a maldição das cadeiras de plástico

Só isso. É só pra isso que você presta. Quanto ao resto, te juro: não dou a menor. Pra que vou ficar me preocupando com a sensibilidade, com a psicologia de uma idiota que nem você? Ora faça-me o favor.

Sim, repito, é só por isso que fico com você.
Você pra mim não tem a menor importância,
Quero que se foda,
(O que aliás parece ser a sua diversão preferida,
Não é?)
Sua vaquinha,
Vadia,
Biscate,
E eu juro por Deus que se você não aparecer essa noite, se continuar sem atender essa bosta desse celular, pra explicar porque não veio – porque não buzinou seu carro aí na frente, na hora combinada; porque não subiu essa escada rebolando a sua majestosa bunda na hora certa, como tinha prometido,
(sua piranha)
Eu vou lá em cima e tiro do cofre o revólver que meu irmão, aquele da polícia, fez questão de me dar,
Só como proteção, ele disse,
Eu preciso me proteger,
De você. Eu preciso.
Porque das duas uma, ou você a essa hora está na cama com outro, e nesse caso eu vou usar o revólver em você, te juro por Deus,
Ou então caiu de um viaduto, enfiou o carro num poste, exagerou naquelas porcarias de tranqüilizantes que te avisei pra não tomar; ou foi assaltada e assassinada, todo dia a gente vê esses casos no jornal,
E nesse caso, eu também juro por Deus,

dóris fleury

Vou usar esse revólver em mim mesmo.
Você vai ver.

NOTURNO EM LENÇOS DE PAPEL

Eu não consigo respirar. Juro por Deus. Não consigo. Estou com falta de ar. O nariz tão entupido, que a respiração é um sonho impossível. Vou parar de respirar e morrer sufocada.

É isso aí. Vou morrer aqui sozinha, nesse décimo quinto andar, mais abandonada que vira-lata.

Me arrasto até o banheiro e me vejo no espelho: virei monstro. Nariz vermelho, olhos vermelhos, rosto inchado. Se ele me visse desse jeito, aí sim é que saía correndo.

Vou tomar um banho. É bom. Relaxa. E além do mais, desentope o nariz. Que se dane se é o terceiro banho de hoje, todos com a mesma finalidade: relaxar e desentupir o nariz. Oh, Jesus. Deixa eu pegar o telefone sem fio e levar pro banheiro. Porque a esperança é a última que morre; e quem sabe, Deus é bom, ele pode interromper por um pequeno, minúsculo instante a sua ocupada e significativa existência e lembrar da minha miserável, ridícula, patética pessoa.

Mas duvido... duvido que isso aconteça... duvido muito... oh, meu Deus, não é possível, comecei de novo.

Pronto. Peguei o sem fio. E já faz cinco minutos que não choro. Estou fazendo progressos.

Ai, que água quente gostosa! Relaxante. Onde será que ele está agora? Com a outra? Trabalhando? Trepando? Passeando? Enchendo a cara? Será que ele não pensa nem um minuto, nem um minutinho em mim, meu Deus?

Se pensa, deve achar que sou uma trouxa. Deve rir de mim. Que raiva.

O celular. Puta que pariu. O celular está tocando. Preciso ir atender.

Pronto, só me faltava essa. Escorreguei, caí. Acho que torci o tornozelo. Que loucura, sair molhada do banheiro. E agora o celular parou de tocar! Bosta, bosta, bosta! E se for ele?

Ah, não, ufa. Era aquele chato do Rodrigo. Graças a Deus torci o tornozelo; escapei de atender o celular na pressa, sem olhar quem era. Imagina eu aqui, molhada, sem roupa, tremendo de frio, falando com o mala-sem-alça. Com certeza ia me convidar praqueles programas chatos dele, pizzaria na Vila Mariana, essas merdas: o tédio personificado. E sempre que tento inventar alguma desculpa pra não sair com ele, vêm umas coisas horríveis, tipo doença da avozinha, resfriado etc. O Rodrigo percebe que estou mentindo. E sempre consegue me fazer sentir culpada.

Por que existe gente assim, hein? Por quê? Por que todos homens do mundo não podem ser iguaizinhos a ele? Aí eu escolhia um qualquer, casava e vivia feliz para sempre.

Parece ingênuo? Pois nem precisava casar. Nem morar junto. Nem namorar! Só de ver ele todo dia, ouvir a risada dele, as histórias dele, eu já estava feliz. Mas eu não posso, né.

Nem isso eu posso. Nem iiiiiissssoooo!

Oh, Jesus. Que horas são? Não é possível. Devo ter ficado meia hora aqui, pelada, molhada, sentada no chão aos prantos. Eu realmente sou patética. Preciso parar com isso.

Vamos ser sinceros. Estou mal. Preciso de ajuda. Urgente.

Eu podia ligar pra Lucinha... Pra Carmem... Pra Marijô... Pro Celso... Mas não adianta, nenhum deles vai me ajudar. Meus amigos se dividem atualmente em dois grupos: aqueles que não

a maldição das cadeiras de plástico

agüentam mais ouvir falar do indivíduo, e aqueles que só me ouvem pra me dar bronca.

Talvez eu precise de uma ajuda química. Não que goste dessas coisas. Último recurso. Mas não posso passar a noite assim... Deixa eu me enxugar, botar uma camisola. Onde enfiei aqueles tranqüilizantes que o médico me deu?

Estão aqui. Pequeninos. Cor-de-rosa. Dois deles, e desabo na cama. Amanhã estou nova.

Mas não sei se é boa idéia... Comprimidos pra dormir viciam... Se eu começar a tomar esses troços cada vez que ficar triste, viro uma junkie, porque ultimamente vivo triste!

Pensemos em outra solução. Hum... Aquela garrafa de vinho que ganhei de aniversário. Coisa fina. O Celso foi quem me deu. Gracinha de pessoa o Celso. E gosta de mim. Porque, sabe, aquele imbecil pode não acreditar, mas eu tenho amigos que gostam de mim e me tratam bem, ao contrário dele!

E sabe por quê? Porque sou uma pessoa legal. Cheia de qualidades. Cadê o saca-rolha? Ah, pronto. Muitas qualidades. Sou bonita. Sou inteligente. Sou talentosa. Tenho bom coração. E outra, sou gostosa pra caramba, falou? Não preciso dele. Não preciso daquele cretino pra nada!

Puta que o pariu, mas como é difícil abrir garrafa de vinho sozinha!

Continuando meu raciocínio. Sou linda. Sou gostosa. Sou poderosa. Todos os amigos dele já me cantaram, só queria ver a cara do imbecil se soubesse disso! Rá, rá. Eu ia adorar. Pra ele ver que espécie de amigos tem.

Hum, esse vinho está ótimo.

Garanto que agora todos vão cair matando. Pois sabe o que eu vou fazer? Vou dar pra todos eles! Só pro imbecil ficar roxo de raiva!

Agora vou sentar confortavelmente nessas almofadas, aqui no chão... ficar à vontade... esquecer esse merda... Hum, de que safra é esse vinho?

Dois mil e três. Foi quando a gente se conheceu.

Mais um copo. Eu mereço. Vinho é uma bebida leve, saudável, não dá ressaca. Bem melhor que se encher de tranqüilizantes perigosos.

Ele me ligava no meio da tarde. Vivia atrás de mim, não é incrível pensar que houve uma época em que ele vivia atrás de mim? Nossa, parece que foi há mil anos. E eu estava tão apaixonada, que quando ouvia o celular tocando – botei um tom especial pra ele, um tango – largava tudo e saía correndo atrás dele. Uma vez dei um cano no meu chefe, quase perdi o emprego.

As coisas que eu fiz por esse homem... As coisas...

Merda, o que é isso escorrendo pelo meu rosto? De novo? E se eu ficar desidratada, hein? Pára com isso, criatura... Pára, pô.

E aí ele me levava pra passear. Cada programa hilário que a gente fazia! Uma vez me levou pra conhecer uma padaria, a melhor da cidade, jurou... Outra vez fomos no cemitério, acho que nunca ninguém malhou tanto num cemitério, tremendo desrespeito com os mortinhos... E quando ele me pegou em casa, era feriado, tudo fechado, e aí rodou rodou rodou, andou por São Paulo inteira, até chegar a um lugar... onde era mesmo, meu Deus? ah, já sei... uma pizzaria na Vila Mariana... nossa, eu estava tão feliz naquela noite... acho que se morresse ali mesmo, nunca teria sido tão feliz.

E agora acabou tuuudoooo!

Oh, meu Deus. A garrafa já está quase pela metade. Foda-se. Foda-se. Vou tomar tudo, e se bobear tem ainda o conhaque no armário da cozinha. Não é grande coisa, mas serve...

Colocar um CD pra tocar. Isso mesmo. Droga, minha mão tá tremendo.

And if a double-decker bus
Crashes into us
To die by your side
Is such a heavenly way to die...

Oh, meu Deus. Como é que eu vou viver sem ele? Como? O que ele está fazendo a essa hora? Dormindo? Comendo? Vendo TV? Trepando? Será que está trepando com a outra? Oh, Jesus. Fico imaginando... Parece que vou ficar maluca.

A garrafa de vinho acabou.

And if a ten-ton truck
Kills the both of us
To die by your side
Well, the pleasure, the privilege is mine...

Oh, meu Deus. Eu não consigo respirar. Estou com o nariz entupido. Acho que vou morrer sufocada. Vou falecer aqui, nesse décimo quinto andar. E aí a culpa vai ser dele, toda dele, todinha dele!

O AMOR É UM LEGUME

Querida Daiane, estou escrevendo essa carta para dizer que você é tudo pra mim. Daiane eu acho que você já deve desconfiar do meu amor, porque todo dia compro batata cebola xuxu mandioquinha e beringela pra você pesar na balança. Por causa que antes você trabalhava na padaria aí do supermercado, e pra te ver eu tinha de comprar pão. Mas depois te mandaram pra seção das hortaliças e agora até minha mãe diz que não precisa de tanta verdura. Mas eu compro de qualquer jeito, mesmo sabendo que o pessoal do açougue ri de mim pelas costas.

Daiane eu queria dizer pra você não levar a mal mas a noite mais feliz da minha vida foi no Serenata 2000, quando veio tocar aquela dupla sertaneja que um era baixinho e outro guei. Daiane meu amor naquela noite a gente ficou junto e eu estava tão feliz. Mas no dia seguinte você fingiu que nada tinha acontecido. Eu venho aqui todo dia e puxo conversa mas você nunca aceita meus convites e só dá esse sorrisinho que me enlouquece. Já faz um ano meu amor e eu sinto tanta saudade dos teus beijos.

Agora não vou mais insistir. Olha meu bem essa é a última chance. Me dê sua decisão. Se você disser que não me ama Daiane está tudo acabado. E eu juro por Deus que nunca mais compro uma abobrinha que seja nesse supermercado.

Do seu, Alecsandro

O CADÁVER ESQUISITO

Um ano de casamento.
Soco no olho, rompimento da conjuntiva. Fratura do esterno. Escoriações em diversos locais do corpo.
"Ele é bom, mãe. Só às vezes fica nervoso. A culpa é minha, sou muito atrapalhada. Demorei pra aprontar o caldinho de feijão. Não foi nada, ele já se arrependeu".
Primeiro filho.

Quatro anos de casamento.
Tapa no ouvido, tímpano atingido, queda de audição. Fratura na costela. Um dente quebrado, reposto à custa de tratamento caro que ele não quis pagar.
"Eu fiz uns trabalhos de datilografia na faculdade. Viu? Ele não é tão ruim: até me deixou fazer faculdade. Tem marido que não deixa."
Segundo filho. Ela arrasta a barriga até o ponto de ônibus, porque o carro ele não empresta.

Dez anos de casamento.
Outro dente quebrado, mas não foi só, teve a fratura do maxilar também. Ao tratar do ferimento no Pronto Socorro, o quintanista horrorizado descobriu queimaduras de cigarro na paciente.
"Ele perdeu o emprego, doutor, anda nervoso. E as crianças fazem barulho. Grávida? É o que diz aí no teste? Ai, meu Deus do céu, não de novo."

Terceiro filho. Formada na faculdade, já com um emprego melhor, ela coloca o garoto num berçário. Os dois mais velhos estão na escola.

Na reunião de pais, ele aparece bêbado e a tira de lá a tapas. Tem certeza que está de caso com o diretor.

Quinze anos de casamento.
Aborto depois de um murro na barriga.
"Tem razão, preciso me separar, dessa vez ele exagerou. Claro, você é minha irmã, sabe o que é melhor pra mim.

"Quer me fazer um favor? Saindo aqui do hospital, telefona e pergunta pra empregada se o caldinho de feijão já está pronto. Ele toma à noite, quando volta do serviço."

Vinte anos de casamento.
Braço quebrado. Mordidas pelo corpo todo.
"A culpa não foi dele, eu é que provoquei. Depois saiu batendo a porta e nunca mais voltou. Já faz seis meses. Estou louca de preocupação. Estive em hospital, fui na polícia... Minha família – até os filhos! – diz que devo dar graças a Deus. Mas eu tenho pena, vai saber onde ele está! É meu marido, puxa. Tem os defeitos dele, mas ninguém é santo."

Rezas e súplicas à bondade divina não fazem efeito. Oito meses se passam antes do telefone tocar. É o Instituto Médico Legal.

– Por aqui, minha senhora, por aqui. Agora vou abrir a gaveta. Fique calma, olhe com cuidado. Veja bem se é ele mesmo.

– Ai, meu Deus, é ele! É meu marido! Estou viúva!

– Chama correndo um médico, que a mulher desmaiou. **Rápido!**

a maldição das cadeiras de plástico

No velório, com o caixão fechado – tivera morte feia, o sujeito – nem os filhos vão. Só ela recebe as condolências. Depois de abraçar a viúva, os amigos resmungam pelos cantos que o filho-da-puta já foi tarde.

Os anos passam, ela continua trabalhando. Dois filhos já se casaram, estão bem graças a Deus. A menor continua em casa, trabalha numa concessionária.

Todos dizem que agora, depois de tanto sofrimento, finalmente ela é feliz.

Não sabem que muitas vezes perde o sono, à noite, e fica ruminando. Será que o homem lá do IML era mesmo seu marido? Desmaiou tão rápido, nem deu pra olhar direito. E depois já estava tão estragadinho. Vai ver não era ele? Será, meu Deus?

Por via das dúvidas, todos os dias prepara o caldinho de feijão. Diz que é pro neto mais velho. Criança precisa se alimentar.

PIQUENIQUE

Dozinho, 27 anos, foi morar com Salete, de 30, escondido da família. Apesar de todo o segredo, eram um casal feliz.

Dozão, pai de Dozinho, era um homem poderoso. Tinha umas fazendas em Mato Grosso, dizia que plantava soja. Todas as suas fazendas tinham pistas de pouso. A polícia andava interessada nessas pistas.

Gordo e mal-humorado, o homem só andava com dois armários de terno preto. Não sorria nunca. Sua única fraqueza era o filho. Queria que Dozinho o sucedesse. Levava o "garoto" para conhecer as fazendas. Apresentava-o aos empregados. Rapaz tímido, criado pela mãe, Dozinho se esforçava para agradar o pai.

Um dia aconteceu o inevitável: Dozão descobriu a história de Salete.

Passou mal de tanta raiva. A pressão subiu. O médico foi chamado, passou uns tranqüilizantes. E alertou a todos: o homem tinha de se cuidar. Senão, acabava enfartando.

Assim que o doutor virou as costas, Dozão mandou chamar o filho. Trancou-se na sala com ele. Do lado de fora o pessoal só ouvia os berros.

— Um travesti! Que vergonha! — vociferava o velho.

Não se conformava, estava furioso.

— Meu filho, uma bicha louca!

Quando a história se espalhasse, quem iria respeitar Dozinho? Como o filho poderia sucedê-lo, cuidar dos seus negócios? Aquele sujeito tinha de sumir.

— Não é um sujeito – protestou Dozinho. Dozão nem o ouviu: continuou falando, exigindo, fazendo ameaças. O filho ofereceu uma resistência quieta, mas inabalável. Não abandonaria Salete.

— Então não é mais meu filho – encerrou Dozão. Nas semanas seguintes, entretanto, percebeu que não podia cumprir a ameaça. Desesperado, telefonou para Salete, misturando xingamentos com ameaças:

— Vou apagar você, seu escroto.

Salete não dizia nada. Uma semana depois, quando saía do supermercado, dois sujeitos a empurraram para dentro de um carro. Um deles encostou o revólver em sua testa. Salete percebeu que ia morrer.

Felizmente conseguiu saltar quando o carro parou num sinal. Saiu correndo, quebrou um salto, voltou para casa com um olho roxo.

Enquanto esperava Dozinho voltar – não trabalhava mais para o pai, estava procurando serviço – Salete ficou sentada, pensando.

Quando o marido entrou em casa, ela sorriu, beijou-o, serviu o jantar. Inventou uma mentira para justificar o olho roxo ("uns trombadinhas me pegaram na rua"). Despreocupada, começou a falar de um piquenique que queria fazer no Parque do Estado.

— Vamos sim, meu bem – prometeu Dozinho. – Sábado a gente vai.

Por que esperar até o fim-de-semana? Podiam ir amanhã mesmo. Tinha menos gente.

E foi assim que no dia seguinte Dozinho e Salete partiram para o seu piquenique. Salete escolheu o lugar mais ermo do parque. Chegando lá, abriu a cesta, tirou os tupperwares com comida (era uma cozinheira de mão cheia), e a assadeira com o bolo.

No fundo da cesta brilhava um revólver.

— Toma, amor – disse Salete, e passou a arma para Dozinho.
— Um dia eles vão me pegar. Prefiro que seja você.

a maldição das cadeiras de plástico

Dozinho pediu, argumentou, implorou. Não conseguiu convencer Salete.

– Ou você faz, ou faço eu. Mas quero que seja você.

E foi ele.

RECICLAGEM

Tudo que você ia jogar fora, dê pra mim; dê sim. Embalagem de camisinha. Barbeador usado. Vidro de perfume vazio. A foto desfocada de nós dois. O ingresso daquele show que a gente foi. A coleira do seu cachorro que morreu – ele pelo menos gostava de mim.

Pra quê? Não interessa. Basta saber que: nesse mundo onde todos jogam fora, eu quero guardar. Menos coisa pro lixão, você não ouviu dizer que os lixões estão transbordando? Pois é. Em vez de jogar fora, deveríamos guardar. Aliás, deixa que eu guardo pra você.

Estou pedindo com toda educação. Melhor pedir que roubar. Já disse, aceito qualquer coisa. Só não é possível que você passe pela minha vida e vá embora desse jeito, sem deixar pra trás nem um palito de sorvete.

SAGRADA ALGA

Quando entrou pela primeira vez no apartamento da namorada, Felipe deparou-se com um aquário pequeno, colocado numa espécie de altar, em lugar de destaque da sala.

– Que planta esquisita é essa, Vivi?

Foi então que a namorada lhe explicou, com a cara mais séria do mundo, que aquilo era uma alga. Mas não uma alga qualquer. Uma alga trazida das profundezas do Mar Vermelho, portadora de uma aura avermelhada visível apenas por espectômetro. Uma planta sagrada, já conhecida pelos antigos egípcios, que a colocavam nas tumbas dos faraós – onde foi encontrada, viva e florescente, milênios depois. Uma alga misteriosa, mágica, mística. E que ela – como explicar isso a um leigo? – ela, Vivi, depois de iniciada nos segredos daquele estranho vegetal por um grupo de estudos esotéricos, juntara-se à pequena seita de iluminados que adorava a Alga.

– Entendeu, Felipe?

– Entendi – disse ele, balançando a cabeça. – Claro que entendi, meu bem.

E sabem da pior? O pior é que ele ficou com ela.
Com alga e tudo.

SE ESSE CORPO FOSSE MEU

É errado, eu sei. O que estou fazendo não é certo. Mas não é roubo; no máximo, empréstimo. Devolvo em bom estado daqui umas horinhas. Roubei – ou melhor, emprestei – por mera curiosidade. A curiosidade é uma força positiva. Não é?

E depois, ela não estava fazendo nada de importante. Eu vi. Eram seis da tarde; devia estar saindo do expediente. Tinha um ar cansado. Olhava uma vitrine, mas com o olhar vazio de quem não está prestando atenção.

E foi então que roubei seu corpo.

A alma dela ficou sentadinha num banco da galeria. Meu corpo ficou ao lado, com o mesmo olhar vazio que ela tinha há alguns minutos. Cuidadosamente separados, é claro. Nada de misturas!

Já pilotando seu corpo, saí para a rua. Para onde vai uma mulher casada – olhei a aliança – às seis e meia, depois do fim do expediente? Pra casa, claro. Olhei a bolsa – nenhuma chave de carro, nenhum talão de estacionamento. A mulher estava a pé. Teria de pegar ônibus... Paciência.

O ônibus estava lotado, e só cheguei ao endereço dela mais de uma hora depois, toda suada por causa do calor. A porta estava trancada. Fui experimentando todas as chaves do molho até encontrar a certa.

Apartamento classe média. Razoavelmente arranjado. Examinei cada um dos cômodos, as fotos nas prateleiras. Evidente que não peguei nada. Roubar um corpo – ou melhor, pegá-lo emprestado –

não faz de mim uma pessoa desonesta! E depois, não havia nada valioso no apartamento.

Depois da busca, notei que eu estava suja, até cheirando mal. O calor! O corpo que pegara algumas horas atrás na galeria cheirava melhor. Tinha o dever de conservá-lo em bom estado.

Fui até o banheiro, liguei o chuveiro. Observei o tapete do banheiro, em forma de melancia. Que coisa brega. Olhei todos os cosméticos, cheirei a perfumaria... Definitivamente o gosto dela era diferente do meu.

Pelo menos, em matéria de perfumes.

Depois de verificar a marca de dentifrício que ela usava e reparar em outra escova de dentes, encostada à sua, tirei a roupa para tomar banho. Nua, examinei cada centímetro quadrado do meu corpo – ou seja, do corpo dela. Olhei no espelho do banheiro os seios, a barriga, as pernas, o triângulo negro entre elas. Razoável. Nada de fechar o trânsito, mas feia não era.

Satisfeita a curiosidade, entrei no banho. Ela usava shampoo para cabelos oleosos. Eu uso para cabelos tintos... Os dela, pelo visto, são da cor natural. Que aliás é bem sem-graça.

As bobagens que a gente pensa quando está usando o corpo dos outros.

Fui cuidadosa: depois do banho passei o rodo no banheiro e estendi a toalha para secar. Enxuta, procurei uma camisola no armário dela.

Mas ela só usava camisetões. Burrada – pensei, enquanto colocava um deles. Ela tinha um corpo legal, deveria mostrar mais. Principalmente à noite. O que será que o marido dela pensava dos camisetões?

Banhada e vestida, fui procurar comida na geladeira. Descobri, aborrecida, que estava lotada de carnes – e eu sou vegetariana.

a maldição das cadeiras de plástico

Essa agora! Acabei me contentando com um sanduíche de queijo e pão integral. Depois, sentei no sofá da sala – já meio surrado, e com uma estampa xadrez horrorosa – e tentei assistir a TV. Mas acabei dormindo.

Quando acordei já era meia-noite e o marido tinha chegado da rua. Tinha um ar alegre e cheirava a cerveja. Será que ela achava normal o marido chegar àquelas horas?

Perguntei com ar zangado onde ele estivera.

Ele não deu grande importância à minha pergunta. "Com uns amigos por aí", disse, com a boca cheia, pois já abrira a geladeira e fizera um sanduíche de pernil. Pelo tom com que falava, imaginei que aquilo era rotina, e não causava grande aborrecimento à mulher.

Ótimo. Melhor. Por que se precisasse brigar com ele, o que eu diria? Briga de casal é complicada, envolve várias acusações, muitas delas no passado: a semana retrasada você fez isso, faz dois anos que estou agüentando aquilo, e no mês passado aliás... Me faltariam argumentos.

– Desculpe, mas esqueci o escorredor de macarrão.
– Hã?
– O escorredor que você pediu, lembra? Hoje não deu pra passar no supermercado...
– Não tem importância – disfarcei.

Depois de acabar o sanduíche de pernil, sentou-se ao meu lado, com ar satisfeito. Perguntou como tinha sido meu dia.

– A mesma coisa de sempre – respondi, com ar ausente.
– Hoje seu chefe não ia pedir aquela apresentação?

Um marido razoavelmente atencioso – decidi – apesar das horas de chegada.

– Ele ficou doente.
– Do quê?

— Caxumba — inventei. — Você sabe que caxumba é muito perigoso em homens adultos?

— Não sabia, por quê?

— Pode causar impotência. — disse, me divertindo com a cara de horror que ele fez.

Depois relaxou e afirmou, com um suspiro de alívio, que felizmente já tivera a doença quando criança, e não ficara com nenhuma seqüela, como eu já já ia ver... E se aproximou de mim no sofá, sorrindo e colocando o braço em volta da minha cintura. Sorri de volta. Não podia negar que era atraente, mesmo cheirando a cerveja. E, afinal, o corpo era da esposa dele... Não vi nada de errado no que aconteceu em seguida.

Depois ele ainda conversou um pouco, na cama. Contou como tinha sido seu dia, o movimento de vendas, o telefonema da mãe que andava meio chata. Entre dois bocejos, perguntou:

— Bem, você pagou a conta do gás?

— Claro que sim.

— Trouxe o recibo?

— Depois te mostro.

— Olha, hein? Não vai esquecer o recibo... — disse ele, quase adormecido. — Senão eles cortam... que nem.... da outra vez.

Antes de cair no sono, ainda encontrou forças para murmurar:

— Não se esqueça de deixar o café pronto quando sair. E a camisa azul, também... Precisa dar uma passada... Eu vou usar amanhã.

Então ela saía para o trabalho antes dele. E ainda tinha de passar suas camisas. Folgado, o cara!

Eu estava cansadíssima —, ou melhor, o corpo dela estava. Mesmo assim, me levantei da cama para fazer uma cuidadosa inspeção no quarto, tomando cuidado para não acordá-lo. Mais fotos de pessoas que não conhecia. Parentes dela — decidi. Um

a maldição das cadeiras de plástico

bebê – sobrinho, talvez, já que o casal não tinha filhos. Alguns livros, nenhum interessante. Uma tela bordada na parede – tinha um tricô encaminhado na sala, também. Devia ser uma mulher prendada, dessas que estão sempre fazendo trabalhos manuais. Aos quais, aliás, sou totalmente alérgica. Não sei fazer nem correntinha de crochê. Acho uma perda de tempo.

Mas estava tarde e eu precisava descansar. Voltei para a cama (lençol estampado de flores miudinhas), me enrosquei no marido dela, e dormi o sono mais tranqüilo da minha vida.

No dia seguinte, o despertador – com luz fosforescente, uma coisa de fato medonha – tocou muito cedo, seis da manhã. Fazia bastante barulho, mas percebi que o marido estava acostumado com ele. Abriu os olhos, sorriu para mim com uma cara ainda amassada pelo sono e resmungou:

– Amor, não se esqueça da camisa azul...

E voltou a adormecer. Me vesti rapidamente com a primeira roupa que encontrei no armário. E depois que me vi no espelho da sala, constatei que nosso gosto em roupas também não combinava.

Preparei o café como ele tinha pedido, e deixei na garrafa térmica. Verde com florzinhas. No vitrô da cozinha, alinhava-se uma fileira de vasinhos com violetas.

Apesar do gosto suburbano – pensei –, não se pode negar que essa mulher é boa dona-de-casa...

E já que era boa dona-de-casa, o marido ficaria desconfiado, se ao acordar não encontrasse a camisa passada... Suspirando de raiva, peguei a peça de roupa e fui até o minúsculo espaço da lavanderia onde estavam a tábua e o ferro de passar.

Meu Deus, que serviço horrível. Eu já não sou muito boa com tarefas domésticas, mas passar roupa, pra mim, é Física Quântica. Suei, praguejei, virei a camisa de um lado para o outro, amassei partes que já tinha passado... Quando terminei, percebi, horrorizada, que deixara uma marquinha de queimado no canto esquerdo do colarinho. Realmente pequena, mas que judiação. A camisa era bonita, devia lhe cair bem...

— Homem não repara nessas coisas – disse em voz alta, para espantar o remorso. Desliguei o ferro – Deus me livre de provocar um incêndio ali. Pendurei a camisa num lugar à mostra. E por hoje já chegava de tarefas domésticas... Saí do apartamento e tranquei a porta com cuidado.

A galeria só abria às dez horas. Fui tomar café-da-manhã numa padaria, li o jornal, telefonei para o trabalho. Às dez, quando as portas do local se abriram, entrei imediatamente, preocupada com o par desgarrado.

Não precisava ter me preocupado. Meu corpo continuava sentado no banco, bem quietinho. E a alma da mulher, provavelmente exausta de vagar pelos corredores vazios, encostara-se no seu ombro e dormia a sono solto.

Retomei meu corpo e devolvi o corpo da mulher à sua alma. A coitada ficou um pouco perdida, mas depois que viu a bolsa intacta no seu braço se tranqüilizou. Deve achar até hoje que teve um estranho pesadelo.

Quanto a mim, fui trabalhar. Às quatro e meia levantei de mesa, peguei minhas coisas e falei com o chefe:

— Então, como eu tinha avisado...

— Já sei, já sei – resmungou ele, descontente. – Pode ir. Mas olhe, da próxima vez tente marcar outro horário. Essas suas consultas médicas no meio da tarde são um problema.

Sorri amarelo e prometi tudo que ele quis. Saí já nervosa, olhando o relógio. Peguei o primeiro táxi que achei. Sorte que não havia trânsito. Meu coração batia forte. Examinei meus cabelos, a maquiagem. Reforcei o batom.

a maldição das cadeiras de plástico

Às cinco em ponto, como combinado, cheguei ao lugar de encontro. Ele já estava me esperando. Lia um jornal que largou assim que me viu. Levantou-se. Sorriu daquele jeito que sempre me deixava de pernas bambas e coração disparado.

– Estou morrendo de saudades – sussurrou no meu ouvido, enquanto me abraçava. – Desculpe não ter vindo semana passada, mas as coisas estão difíceis lá em casa.

– Tudo bem, eu entendo – disse eu, sorrindo torto e me sentando logo para não cair. Alisei o guardanapo. Sempre sorrindo, ele aproximou a cadeira e passou a mão pela minha cintura. Baixei os olhos e fiquei olhando a camisa azul, com a marquinha do ferro no canto esquerdo do colarinho.

Graças a Deus ele não tinha reparado.

SINCERAS DESCULPAS

Sinto muito, Laura Beatriz, sinto muito; mas não posso passear de gôndola com você nos canais de Veneza. E também não podemos subir de mãos dadas a Torre Eiffel. Não posso lhe prometer, minha amada, nem mesmo um humilde passeio no bondinho do Pão de Açúcar.

E tudo isso, Laura querida, porque me falta o ingrediente secreto, a poção dos amantes: dinheiro. A mágica que transformaria nossos sonhos em realidade, mesmo que em doze parcelas no cartão de crédito – eu não tenho, minha querida. Não vai dar.

Mas vejo seu rosto se iluminar num generoso sorriso. Dinheiro, você diz, não é tudo. Você tem outras expectativas. Agradeço humildemente, Laura Beatriz, mas essas também jamais serão cumpridas.

Não posso, minha musa, acompanhá-la em aventuras culturais. Museus e galerias, por exemplo, não são meu forte. Alguém tão sensível como você logo perceberia o tédio que me acomete nesses locais.

Livrarias, confesso, também me aborrecem. Não sou grande apreciador de livros. Cinema – bem, não é que não goste, mas minhas preferências não combinam com as suas. Sei que você gosta de filmes densos e obscuros, capazes de intrigar seu privilegiado intelecto.

Já eu, quando vou ao cinema, prefiro deixar o intelecto em casa.

Não que ele seja grande coisa... Talvez você não saiba, amor, mas fui obrigado a abandonar a faculdade por problemas existenciais. Não conseguia existir naquele lugar. A mensalidade era caríssima.

Outras coisas que poderíamos fazer juntos? Sim, já pensei nelas, Laurinha. Já pensei muito até. Não sou nenhum monge, insensível aos seus encantos. Mas aí outros problemas se colocam.

Mesmo que uma pessoa fina e espiritual como você consentisse em ir a um estabelecimento tão sórdido quanto um motel – aquela vulgaridade, Laura Beatriz! aqueles espelhos no teto! a ostentação das banheiras jacuzzi! a cama redonda, aquele horror! – a triste realidade é que jamais teria dinheiro para tamanho mau-gosto.

Na minha casa? Bom... em casa tem outro problema, Laura. Acho que você já adivinhou. Pois é. Ela não é má pessoa, sabe. Não é deslumbrante como você, mas dá pro gasto. Pra mim está de bom tamanho. E é boazinha. Atende telefone, anota recado. Pessoa muito séria. Trabalha, cuida da casa. Pena o temperamento, digamos, um tanto irritável.

Sabe, Laura, acho que ela não ia gostar se eu te levasse lá em casa...

Portanto, vamos cancelar tudo. *Let's call the whole thing off.* Mas não me olhe com esses olhos tristes. Sempre resta uma esperança. Os canais de Veneza continuam lá, nos esperando...

Estão enchendo, você diz? A cidade vai afundar? Ah, Laura querida. Fazer o quê. Nossos sonhos são assim mesmo, tão frágeis...

SINCERIDADE

Senta aí, Carlos Alberto. Precisamos conversar.

Sabe, Carlos Alberto, é importante a gente ter um relacionamento sincero. Não devemos mentir um pro outro. Concorda? Pois é. Não que eu tenha mentido, mas tem alguns pequenos equívocos aí que precisamos esclarecer. Pra que tudo fique claro entre nós.

Primeira coisa. Você quer que a gente vá acampar no tal Parque Nacional não-sei-das-quantas. Carlos Alberto. Eu sei que, quando a gente começou a namorar, eu te disse que adorava a natureza. Que amava o cheiro do mato, os passarinhos cantando etc. Mas a verdade, Carlos Alberto, é que a natureza, o mato e os passarinhos podem viver sem mim. E eu sem eles. Meus perfumes prediletos são cheiro de gasolina, cigarro, asfalto e café expresso. Odeio carrapicho, pernilongo, formiga e outras maravilhas naturais. E na minha opinião o cara que inventou a natureza não tinha o menor senso de ordem nem limpeza.

Não vou acampar com você; vá sozinho, se quiser.

Outra coisa. Meu cabelo. Ele não é loiro, não. Uso tintura importada e tenho um ótimo cabeleireiro. Por isso ele tem esse aspecto... natural. E, ao contrário do que te contei, minha família não tem origem norueguesa. Meu pai veio de Minas e minha mãe tem um pezinho na cozinha. Se é que você me entende...

E por falar na minha família. Se você ainda não conhece eles, não é porque estejam na Europa. Seis meses viajando pela Europa, você já estava ficando desconfiado, né? Coitados, já dão graças a Deus quando ficam seis dias na Praia Grande. É gente muito simples, meu bem. Onde eles moram? Quarta Parada. Um dia você ia descobrir.

Ainda sobre minha família. Minha irmã de fato trabalha com executivos, mas não é secretária não. É escort-girl. Acompanhante. Enfim, você já deve ter entendido o que ela faz. E não fique com essa cara chocada. Ganha bem mais do que eu. Precisa ver o carro dela.

Outra coisa. Rã-rã. Eu não me formei naquela faculdade que te falei. Me formei em outra, bem menos cotada. E não terminei o curso há cinco anos, terminei há cinco meses. Fui fazendo aos poucos, né? porque tinha de trabalhar e a grana às vezes não dava pra pagar a mensalidade. Mas agora sou formada! Quer ver meu diploma?

Outro detalhe importante da minha personalidade: Carlos Alberto, eu não gosto de filme europeu. Japonês então, nem pensar. Brasileiro ainda vai, mas só se tiver o Murilo Benício ou o Rodrigo Santoro, e de preferência sem muita roupa, sacou? Agora, filme que eu gosto mesmo são os americanos, aquelas comédias pra gente rir bastante e esquecer da vida. Ou bem românticos, com o Tom Cruise no papel principal. Filme de porrada com o Schwarzenegger, então, eu adoro.

É, eu sei. Eu te disse que adorava cinema de arte. Mas quase morria de tédio quando a gente ia ver esses filmes em que as pessoas moram nuns lugares escuros, horrorosos, com um papel de parede medonho, e sentem muita angústia... Deve ser por causa do papel de parede, né?

É por isso que todo fim-de-semana invento desculpas pra não ir ao cinema com você. Não é que não te ame, meu querido.

Um último detalhe. Coisinha à-toa, mas acho importante você saber. Mês passado, aqueles quatro dias que fiquei no hospital, não foi pra extrair as amídalas. Foi lipoaspiração. Onde? Ah, meu Santo Deus, vai dizer que você nem notou?

Não! Não! Isso aí é de verdade. Juro que são verdadeiros. Quer pegar pra ver?

Bom, Carlos Alberto. Foi ótimo a gente ter tido essa conversa, né? Agora tudo ficou claro entre nós. É como eu sempre digo: no relacionamento de um casal, o mais importante é a abertura, a transparência. Por isso faço questão de ser sincera com você, viu?

S & M

Essa noite, Miguel voltou à minha cama.

Escuto sua voz, acaricio seu corpo. Aproximo meu rosto do seu. Mas não é mais Miguel quem está aqui; é um homem sem rosto e sem olhos. Ele rola seu corpo sobre o meu. Levanta o braço, e em sua mão há uma faca...

O telefone toca. Estendo o braço, pego o aparelho e resmungo "alô?". Uma voz eletrônica responde.

"São sete horas. Este é o seu serviço despertador..." De tão tonta, respondo "obrigada" à voz eletrônica, e caio de volta na cama, exausta. Gripe. Estou ainda pior do que ontem... Mas tenho de levantar.

O que vou fazer hoje de manhã, mesmo? Ah, sim, as fotos.

Me arrasto até o banheiro e abro a ducha. Arrepiada pelo frio dos azulejos, me lembro: é hoje. Ele mesmo disse: "Me liga na sexta-feira; sexta vai dar. Tenho certeza absoluta".

Foi assim que ele disse: "certeza absoluta".

Hoje é sexta-feira. Basta telefonar.

Assim que ligo a ducha, surge outro pensamento. O homem na cama. O homem do pesadelo, o homem sem rosto que substituiu Miguel...

O homem era Aparício José.

Deixo a água escorrer pelo meu rosto, imóvel. Mesmo dentro do pesadelo, antes do telefone tocar, eu já sabia que era ele.

Um belo *insight* para o meu analista; há semanas ele vem insistindo que Aparício José, na verdade, é um símbolo. Simboliza uma série de coisas em minha vida. Cabe a mim descobrir...

"Mas ele não é símbolo de coisa nenhuma", interrompi, irritada. "É de verdade, Ricardo! Quer dizer, o nome deve ser falso, mas existe um homem por trás do nome."

"Tem certeza?"

"E como! Já te contei, o filho-da-puta me telefona três vezes por dia. Fica dizendo sempre as mesmas coisas: que vai me raptar, me torturar, um negócio de gelar o sangue. Sempre a mesma história, o cara deve ser completamente louco. Mas é real, não é símbolo. Não estou inventando o Aparício José. Ele existe."

"É mesmo? Então, por que você não chama a polícia?"

Calei a boca, contrariada. Ele continuou me olhando com uma cara muito séria, como se estivesse de fato preocupado. Quem sabe goste de mim. A duzentos paus por sessão, quem não gostaria? Um dia desses *ele* mesmo chama a polícia. Ele ou o Paulo Renato – outro que anda preocupadíssimo, achando que o Aparício José vai invadir meu apartamento e sumir comigo.

Quanta besteira.

Lavada e penteada, desço até a padaria. Moro em cima de uma das melhores padarias da cidade. Seu Gregorio, o espanhol dono do lugar, sempre me reserva uma mesinha de canto. Mesmo nos meus piores dias, mesmo morrendo de gripe, o cheiro fresco de pão é sempre um bálsamo.

Pão e café. Me sinto razoavelmente viva.

Oito horas. Ainda é cedo demais pra ligar. Com sorte, ele deve chegar ao trabalho lá pelas dez e meia, onze horas. Tenho o cronograma da revista na cabeça, tão bem memorizado quanto o *meu* fechamento. Sei que hoje Miguel terá um dia calmo. E eu?

a maldição das cadeiras de plástico

Ainda tenho de fechar dez páginas; as fotos de hoje talvez precisem ser refeitas; e o grande Lucas Favoretto, nosso escritor convidado, nem começou a escrever seu conto. Mas nada disso importa, eu vou arranjar tempo para ver Miguel. Agora de manhã. No meio do dia, na hora do almoço. No final do expediente. Não importa quando. Assim que ele tiver um tempinho, uma vaga na sua agenda, eu me encaixo. Largo tudo que estiver fazendo.

Olho de novo o relógio da padaria. Graças a Deus inventaram o celular. O que seria de mim sem essa máquina? Que eu programei com o toque mais escandaloso possível, para que possa ouvi-la em qualquer circunstância, distraída que sou. E na improvável hipótese de eu não ouvir, o visor mostra a proveniência das últimas chamadas. Também instruí minha secretária, na revista, para me passar todos os telefonemas. Todos. Nunca se sabe. Ele pode ligar a qualquer momento.

Ruminando essas coisas, meus olhos se enchem de lágrimas, e aperto a correntinha debaixo do pulôver.

No caminho para o estúdio do fotógrafo, me convenço: é normal sonhar com Aparício José. Ele é o homem mais presente na minha vida, ultimamente. Mais do que Miguel, por exemplo. Quem me dera que Miguel me ligasse três vezes por dia, como esse tarado!

É normal, portanto, que eu sonhe com Aparício. Tão normal quanto ter um amante casado que nunca me liga, quanto dirigir uma revista de sadomasoquismo, quanto pular da cama às sete da manhã para ver uma moça de dezenove anos ser chicoteada e torturada.

Hoje é dia de rodízio, tive que apelar pro táxi. Jesus, como esse estúdio fica longe... Quanto mais famosos ficam os fotógrafos, mais longe vão se instalar. Levam seus estúdios para lugares inacessíveis, horrorosos – perto da casa da mãe, ou da amante, vai saber. E como eu odeio essa cidade. Como é feia essa avenida Santo Amaro, com seus edifícios sujos, pichados, abandonados... Os barbantes que pendem dos postes, com tênis velhos nas pontas. Será que essa gente quer dizer alguma coisa quando pendura tênis em fios elétricos, ou enche as paredes com caracteres indecifráveis? Só Deus sabe, ultimamente estou ficando religiosa.

São quase nove horas. Se eu ligasse pra casa dele... Não, nem pensar.

As pessoas não entendem. Minhas amigas – as poucas que ainda têm paciência para me ouvir – não compreendem. Ficam olhando perplexas. Onde estão meu orgulho, minha auto-estima? Ou, no mínimo meu simancol? Preciso me tratar. Fazer terapia, sugerem elas.

– Já estou em tratamento – observo.

Uma delas, quando contei a história, só faltou me bater: "Mas eu conheço esse cara há anos! É o maior galinha, transou com todas as mulheres que trabalharam com ele! E está casado há quinze anos. Não vai se divorciar nunca. O que você está fazendo com ele?".

Eu nem sabia o que responder. Com trinta e cinco anos, você já sabe quando enfiou o pé na jaca. Já sabe quando está ferrada, seja lá o que faça.

Às vezes faço planos detalhados para romper com Miguel. Acabo com essa história e começo vida nova. Faço uma viagem. Na volta reformo meu apartamento, vejo mais os amigos, trabalho menos, arranjo um *hobby*... Já desfiz outros namoros antes. Não sou daquelas que preferem qualquer coisa à solidão.

O problema não é ficar sozinha. É ficar sem Miguel.

– É aqui, moça?

Olho pela janela do táxi. Uma casa enorme, pintada de amarelo pálido, com um belo jardim... É longe, sim, mas que beleza! O número está certo.

a maldição das cadeiras de plástico

—Aqui mesmo, obrigada.

Toco a campainha e espero a resposta do porteiro eletrônico. Estou gelando com o vento frio. O casaco parece que não adianta. Nem as meias grossas que coloquei pra andar de saia.

— Pois não?
— Eu queria falar com o Sérgio, por favor.
— Quem é?
— Sara Becker, da revista *S & M*.

Todos já chegaram: Paulo Renato, Sérgio – o fotógrafo que vai fazer a sessão –, maquiadora, iluminador, e a vítima.

Dezenove anos, disse Paulo Renato; mas agora, olhando pra ela, sinto um calafrio. Serão dezenove mesmo? Parecem dezesseis... Mas não, é claro que meu editor de fotografia não me botaria numa gelada dessas.

Cumprimento todos, tiveram a gentileza de esperar por mim. A modelo/vítima sorri, e só então me lembro porque estou preocupada com essas fotos.

— Paulo, me arranja um café?

Vamos para a outra sala, onde há uma reluzente máquina de café expresso. Não dá pra acreditar. Isso aqui é um palácio.

— E aí, Sara? O que tá pegando?

Meu editor de fotografia me conhece bem.

— Paulo... Os dentes dela são horríveis! Essa menina não usou aparelho?

— Faz parte do charme, ela é meio dentuchinha... E tem um corpo lindo, você não vai negar.

— Mas quando sorri é um horror!

— Ela não vai sair sorrindo.

Tomo um gole do café. Excelente.

— Paulo, vou ser franca: essa menina aí, sei lá, parece que saiu de um trem de subúrbio!

— Sara, sabe qual é o seu problema? É essa sua mentalidade de revista masculina tradicional. Você quer tudo bonito, maquiado, impecável, sem celulite... Isso aqui é diferente, minha filha. Os nossos taradinhos não compram revista pra ver mulher bonita.

— Peraí. A *S & M* é uma revista sadomasô...

— De luxo, eu já sei, diferenciada, artística, tudo que você quiser. Mas ainda é sadomasô. Não vale mau-gosto, mas também não somos publicidade de lingerie.

— Ué, não era o senhor o rei dos anúncios de lingerie?

— Isso mesmo. Por isso me chamaram pra cá. Sara, qual é o problema com você hoje, hein?

Não digo nada. Meus olhos se enchem de água. Paulo Renato balança a cabeça, exasperado.

— É o babaca de novo?

— Não! Quer dizer, *também* é. Mas estou preocupada com essa garota. Parece recepcionista de concessionária, entende?

Ele ri.

— É um look meio sujo, Sara, mas eu sei o que estou fazendo. Confia em mim. Vai dar certo.

— Essa menina é muito nova, não é? Coitada.

— Essa menina é modelo. É uma profissional.

Engulo mais um pouco de café. Olho de novo para ele:

— Paulo...

— Que é?

— Ela tem mesmo dezenove anos?

Paulo Renato tem razão. Eu devia confiar mais nele.

Por que não, afinal? Até agora, nossa dobradinha deu certo. *S & M* é um sucesso absoluto, incontestável. Recebo elogios mensais

a maldição das cadeiras de plástico

dos meus patrões – que, embora dirijam a maior editora do país, preferem não se associar abertamente à revista. Criaram um novo selo para ela.

Mas, como eu estava dizendo, todo mês eles – ou os seus representantes – ligam para me elogiar. "A qualidade está fantástica"; "É a revista mais bem-cuidada do país"; "Já recuperamos o investimento todo, sabia?"; "O conto do....... (preencher o espaço em branco com algum luminar da literatura nacional) estava incrível". Quase digo: "nesse caso, quero uma redação maior, não meia dúzia de cubículos no cantinho mais escondido do prédio".

Mas acabo me calando.

Sei porque me telefonam com tanta freqüência, e me fazem elogios tão pontuais. Eles temem que, mesmo com o salário que ganho (definido por um colega, muito a propósito, como "pornográfico"), eu peça demissão um dia desses. Não por escrúpulo moral, e sim vaidade ofendida: "Sara, me disseram que você mudou de emprego. Onde está trabalhando agora?". "Numa revista sadomasô". "Ah, ah, ah. Puxa, Sara, você não leva nada a sério. Deixa de piada."

"Não é piada. É verdade."

As caras de incredulidade que se seguem são hilárias.

"Você quer dizer, AQUELA revista?" Eles sabem do que estou falando: todo mundo já folheou *S & M* no mínimo uma vez. Fico até imaginando a cena.

Jornalista Sofisticado chega à sua banca de jornais favorita, enfia o nariz nas prateleiras, e de repente dá com uma capa doentia, ultrajante, extremamente bem fotografada. Qualidade gráfica de primeira.

Jornalista Sofisticado hesita. Finalmente – depois de uma olhada para ver se o jornaleiro está distraído – espicha a mão e começa a conferir o material.

Não sabe o que o deixa mais horrorizado: se a brutalidade das fotos ou a excelência do papel cuchê fosco, caríssimo. Balança a cabeça e constata que o mundo está perdido, a violência está banalizada, e olha o preço desse troço! Será que tem gente que COMPRA isso? Jornalista Sofisticado hesita. É possível que, depois de longas considerações, acabe levando "aquele lixo" para casa, escondido das crianças, é claro. Mas duvido que sua curiosidade vá ao ponto de verificar o expediente.

Tudo isso para dizer que, embora eu já esteja no meu segundo ano de *S & M*, pouca gente, no "mercado", sabe o que estou fazendo. Não escondo; são eles que não sabem.

Mas meus patrões devem imaginar que me sinto envergonhada. Santa ingenuidade. Alguém que é amante de Miguel Arbache ainda tem, por acaso, alguma dignidade a resgatar?

Ou talvez, quem sabe, eles tenham medo que eu me aborreça com o Taradinho Número Um.

Eu e Paulo Renato colocamos em nossos leitores o apelido carinhoso de "taradinhos". Taradinho Número Um, entretanto, não é leitor, e sim o pai de *S & M* – assim como eu posso ser considerada a sua mãe.

Taradinho Number One – que é considerado um gênio do marketing, não sei, não entendo desses troços – fez todo o projeto. Inteiramente chupado, é claro, de uma publicação que viu no exterior.

Para ser justa, ele também bolou coisas originais para a revista. Começou com o cara que fez o projeto gráfico, um francês que mal fala a sua língua, que dirá a nossa. Mas o cara é bom, muito bom. O projeto é uma beleza. O preto-e-branco das fotos contrasta ousadamente com toques de cor no texto; as colunas são largas, arejadas...

Taradinho Numero Uno bolou todo o conceito do veículo. Tudo. Não interferi em nada. Cheguei a propor, é verdade, uma seção de consumo, coisa mais leve, meio "sex-shop", com correntes, botas pretas, chicotes... Que tal? Não, nada disso – ele balançou a cabeça, impaciente. A idéia não é essa, Sara. Isso banaliza, entende? A gente quer que essa revista dê um arrepio no leitor. Queremos que ele compre, sim, mas com complexo de culpa. Queremos apelar para o lado escuro das pessoas, entende? Se eu boto aí umas algemas à venda por cinqüenta o par, realmente...

Demorou para entendermos – eu e o Paulo Renato – o aspecto visual que ele queria. É explícito? – perguntava o fotógrafo, perplexo. Ele balançava a cabeça, exasperado com a nossa falta de compreensão. "É e não é". Como assim, é e não é? Finalmente, ele disse que não seríamos explícitos. Mas deveríamos deixar o leitor sempre na dúvida. Era bizantino, o nosso taradinho.

Para que entendêssemos melhor, desaguou numa caudalosa discussão conceitual. O sadomasoquista – explicou – é um ser incompreendido, rejeitado pela sociedade. Todo mundo o considera um pervertido, um criminoso. Tudo que ele quer é exercer as suas preferências sossegado, mas ao mesmo tempo, atenção! se o sadomasoquismo virar um esporte universalmente aprovado, aceito, acolhido, oficializado, perde a graça. Chicotes, correntes e abjeção – esse é o paraíso sadomasô.

E ao mesmo tempo, não esqueçam, o sadoquinha não é qualquer um. Trata-se de um ser refinado, um esteta. Pensem em quantos artistas tinham essas preferências – a começar pelo Marquês. É um público seleto, não duvidem. Seu bom gosto e refinamento sofrem com essas revistinhas pornô meia-boca que andam por aí. Fotos de péssima qualidade... Imaginem a intensidade do prazer culpado do sadomasô, ao se deparar com nossa revista! Imaginem o delírio! Poderíamos cobrar o preço de capa que quiséssemos – eles pagariam. Anúncios? Apostava que, em pouquíssimo tempo, o sucesso de um produto tão caro atrairia anunciantes de produtos para a classe A, *la crème de la crème*. Fabricantes de uísque doze anos, carros de luxo, celulares interplanetários, o cacete a quatro – todos se digladiariam para conseguir um lugar ao lado das nossas bonecas torturadas.

Quando saiu da sala, ainda vermelho e triunfante da sua argumentação, Paulo Renato olhou pra mim e disse:

– Ele é.
– É o quê?
– Sadomasoquista. Garanto que é chegado num chicote.

Debatemos por muito tempo esse ponto. Taradinho Numéro Un seria um aficionado, ou apenas um marqueteiro inovador? O que posso dizer é que, naquela tarde, tive a certeza que o projeto ia afundar. E me preocupava a idéia de afundar junto, num barco comandado por um louco furioso. Fui pedir demissão.

Mas aí, dobraram meu salário.

O assistente do fotógrafo está apagando os refletores. O fotógrafo guarda seu equipamento. A vítima já se levantou da sua posição humilhante, e a produtora retira as tenazes que prendiam seus mamilos. Ela suspira de alívio:

– Nossa, tava chatinho esse troço, viu? – comenta. Mais ou menos, como eu, na idade dela, me queixava da depilação às minhas amigas. Um pequeno sacrifício, mas é preciso sofrer para ser bela.

Já chegaram cartas de feministas à minha redação. Elas dizem que estou estimulando a violência contra a mulher. Sinto um vago incômodo, mas me consolo ao pensar nos filmes que as minhas sobrinhas (oito e dez anos) assistem à tarde, na televisão. *Eu* estou estimulando a violência contra a mulher? Ora, francamente, irmãs feministas. E outra coisa, vocês não sabem distinguir a fantasia da realidade? Por favor. Mais feminista que eu não tem ninguém, comecei a trabalhar aos dezessete anos. Desde então, nunca dependi

a maldição das cadeiras de plástico

de homem nenhum (exceto, é lógico, Miguel. E aí não conta, é dependência emocional).

E depois, *S & M* não tem seção de cartas.

Um último argumento me ocorre, enquanto ajudo a modelo a tirar a roupa de tachinhas. Minha revista também tem homem apanhando! Melhor ainda: apanhando de mulher! Reciprocidade total. É a democracia da pancada: tem pra todos, sacaram?

— Que corrente bonitinha! — diz a menina, amável. — Posso ver?

Relutante, estendo o pescoço. Ela apalpa o pingente.

— S e M. Que engraçado! — dá uma risadinha de dentes tortos. — Fazendo propaganda da revista, hein?

Não é da revista — quero protestar. Miguel me deu esse pingente. S e M são as iniciais dos nossos nomes.

Como não posso dizer nada, me limito a sorrir.

— Vou pegar um táxi.

— Táxi? Aqui? Tá delirando, Sara? Você vai é piorar essa gripe, de pé aí na calçada... Entra no carro.

Não tem jeito, Paulo Renato é inflexível. Entro, contrariada. Queria ficar sozinha para tentar de novo — pela terceira vez essa manhã — falar com Miguel.

— Posso usar sua bateria pra carregar o celular? — pergunto, assim que entro.

— Se for pra falar com aquele cretino, não — responde ele, fechando a cara.

Não digo nada, só o olho com ar suplicante.

— Tá bom, liga, vai — ele se resigna. — Você não toma jeito...

— Você é que é superprotetor, Paulo Renato. Eu estou bem. Não precisa se preocupar comigo.

Olho o relógio. Faz quinze minutos que liguei pela última vez. A mulher que me atendeu disse que ele estava na reunião de pauta. É estranho. Não sabia que eles faziam reunião de manhã.

Vou esperar mais um pouquinho. Quando cruzarmos a Brigadeiro, eu ligo.

O telefone toca, atendo imediatamente, sem nem olhar o visor:
— Alô.

Silêncio do outro lado. Sinto um pressentimento, repito o "alô", nenhuma resposta chega. Quando já estou para desligar, ouço a voz. Ele tem a língua presa, seu sussurro é inconfundível:
— Vosssê essstá aí?
— Estou.

Paulo Renato, conversando com a mocinha que lhe oferece folhetos no cruzamento, nem percebe a ligação. Eu poderia desligar. Mas ele ligaria em seguida...
— Ficou com sssaudades de mim?
— Pára com isso, cara.
— Um dia eu vou te busssscar.

É agora, oh, meu Deus, lá vai ele de novo.
— Um dia vou te bussscar na sua casa. De noite. Na sssua cama. Você vai gossstar, Sara. — Começa a ofegar e vai enumerando todas as etapas, são sempre as mesmas, com pequenas variações.

Ele segue um padrão: três a quatro ligações por dia. Sempre uma delas, a primeira, é mais detalhada. As outras são só para dizer obscenidades rápidas.

Se eu cortar a ligação, ele liga de novo. E de novo, de novo e de novo, até cansar, impedindo Miguel de ligar para mim. Se eu desligar o celular, Miguel não vai conseguir falar comigo. E depois eu vou ouvir os recados na caixa postal, mais arrepiantes ainda, porque não é possível argumentar com uma voz gravada. O melhor é ouvir agora, até o fim. Depois, quem sabe, ele me dá uma trégua de algumas horas.

– Aparício, você precisa se tratar – falo, com voz paciente. Voz de mãe, de enfermeira, de psicóloga. – Você está doente, entende?

– ... e depois te rasgo aos pouquinhos com uma faca que eu tenho aqui em casa. É uma faca boa, custou bastante dinheiro, só que está um pouco enferrujada. Então eu vou ter de rasgar devagarzinho, entende? Mas de um talho só, um talho bem grande, dos peitos até a...

E continua, excitadíssimo. Sei, mas não quero imaginar o que ele está fazendo do outro lado. Sei que se interromper antes que ele chegue ao *gran finale* – minha morte depois de uma agonia crudelíssima, que dura dias – ele volta a ligar, mais cedo ou mais tarde, para retomar a história. Retoma exatamente do ponto em que parou, tem uma memória fantástica.

A história é sempre a mesma. Variam algumas circunstâncias, e o grau de crueldade. Me lembro que das primeiras vezes ele me deixava morrer com um misericordioso tiro na cabeça. Depois foi piorando, piorando, até chegar ao ponto atual, em que leva dias me torturando. Estou ouvindo essas histórias, diariamente, há três meses.

– Aparício, vamos conversar...

– ... vossê vai pedir pra morrer, mas eu não vou te deixar morrer tão fássil...

Que tipo de louco será esse, meu Deus? Esquizofrênico? Psicótico? Se ao menos eu entendesse um pouco de psiquiatria... Paulo Renato dá um solavanco brusco na direção, vira à direita.

– Que é isso? O que você está fazendo? – pergunto.

– A gente vai pra delegacia *agora* – diz ele. – Vamos pegar esse cara. Você não tem olho mágico?

Desligo o celular.

— Não adianta, meu querido, ele liga de orelhão. Dá pra ver pelos números, cada vez é um número diferente.

— Pois eles vão até o orelhão e prendem esse cara.

— Paulo Renato, você anda vendo muito filme americano. Acha que a polícia vai se interessar em prender um maluco desses? Eles têm mais o que fazer!

— Imagina se o cara descobre onde você mora, vai à sua casa e faz um décimo do que está prometendo!

Cometi o erro, uma vez, de deixar Paulo Renato ouvir o cara no viva-voz. Ele tem certeza de que Aparício José fala a sério:

— Sara, o cara descobriu o número do seu celular! A polícia precisa fazer alguma coisa!

— Como? A gente já foi atrás do endereço dele, era falso...

— Não sei como, Sara. Alguma coisa eles precisam fazer.

Vários quarteirões depois, consigo que ele desista da polícia – em troca da promessa de mudar o número do celular. Suspirando, ligo de novo o aparelhinho, e telefono imediatamente para Miguel. Direto no celular *dele*.

— Alô?

— Miguel, é Sara.

Silêncio nervoso. "Um minutinho", resmunga ele. Ouço seus passos, se encaminhando, presumivelmente, para o canto mais discreto da redação.

— Sara, eu *pedi* para você não ligar no celular.

— Eu sei, mas é que...

— E se a Taís estivesse comigo? Eu já te disse, ela vigia todos os meus telefonemas, todos.

— Eu sei – limpo a garganta. Preciso me livrar dessa voz de menininha amedrontada. – Mas é que já liguei três vezes aí na redação e não consegui falar com você...

— Eu estava numa reunião, meu amor — já posso sentir um toque de impaciência na sua voz.

É quando ele fica mais impaciente, de saco cheio, que abusa do *amor* e do *querida*. *Amor* e *querida*, para Miguel Arbache, são pronomes impessoais depreciativos, pelos quais ele trata todas as mulheres que estão abusando da sua paciência. Às vezes, elas têm a ousadia de se opor a ele, de recusar as suas explicações cheias de vaselina. Então ele as trata de *minha querida* e *meu amor*, nessa voz onde se misturam, ao mesmo tempo, a mais extrema delicadeza e a mais irreprimível impaciência com a burrice, insensibilidade e cegueira do sexo feminino. *Minha querida, meu amor,* você não se enxerga?

Miguel Arbache é um cavalheiro.

— Mas hoje é sexta-feira, vocês já fecharam a revista...

— Estávamos fazendo a pauta pra semana que vem.

Reunião de pauta: foi bem isso que a mulher disse. Portanto, ele não está mentindo.

— Você disse pra ligar hoje, lembra?

É só uma fração de segundo. A hesitação seria imperceptível para alguém que não o conhecesse:

— Claro que pedi. — Ele esqueceu.

Uma dorzinha aguda começa a me triturar o peito. Mesmo assim prossigo, corajosamente:

— ... pra ver se a gente podia sair, ou sei lá, você passar em casa hoje à noite.

— Lógico, meu bem, estou lembrado.

Mentira. Mentiroso. Mentir, para ele, é tão natural quanto respirar. Mas quem ouve essa voz confiante, sonora, acredita em tudo. "Quando eu preciso conseguir alguma coisa de mulher, boto o Miguel no telefone", me confessou uma vez o chefe dele. Ele mente com essa voz tão sexy, e todo mundo acredita.

— Então? Passa em casa de noite?

— Passo, passo. — Meu peito se enche de felicidade, meu coração se expande, os pássaros cantam no meio-dia cinzento.

— Vou ficar te esperando.

— Claro. Mas... me liga lá pelas duas horas, só para confirmar.

— Você não tem certeza?

— Não, eu tenho, é só para acertar umas coisas... Eu até disse para a Taís que tinha uma reunião hoje. Não se preocupe.

— Então a gente se vê, né? — a voz da menininha insegura retorna.

— Claro. Mas me liga mais tarde.

— Um beijo, então.

— Outro.

Desligo o telefone, e enfrento a cara de reprovação de Paulo Renato.

Eu realmente gostaria de ir ao restaurante e pedir um almoço completo. Mas não há tempo. A revista está fechando. O melhor é pedir um sanduíche na lanchonete.

Paulo Renato, que almoça religiosamente todos os dias, corta minhas explicações, antes de descer ao restaurante:

— Fechamento coisa nenhuma, Sara. Você não quer é sair de perto do telefone.

É verdade, confesso. E se Miguel ligar para a redação? Preciso pedir à companhia um daqueles serviços em que a ligação de um determinado número é encaminhada ao celular. Seria muito prático.

Começo a me organizar para as tarefas do dia. Pedir mais modelos à agência, Taradinho Número Um tem exigências complexas quanto às modelos. Têm que ser bonitas, claro, mas ele não quer tipos muito comuns, "gênero comercial de pasta de dente". (Por isso Paulo Renato me apareceu com a dentuça de hoje). Sempre

a maldição das cadeiras de plástico

uma beleza intrigante, com um detalhe estranho. Só um detalhe: ele também não quer tipos exóticos demais, com o cabelo azul ou tatuadas da cabeça aos pés.

Taradinho Número Um exige, basicamente, dois tipos de modelos. As dominadoras devem ser mulheres opulentas, de preferência com peitos generosos, coxas fantásticas etc. Já as dominadas ele prefere que sejam anoréxicas, à la Kate Moss, com ar famélico e desamparado. O efeito é fantástico. A gente olha aquelas mulheres nas fotos, e realmente imagina que ficaram meses numa cela escura, amarradas por correntes. Nem é preciso caprichar na produção.

Taradinho quase baba ao falar no assunto. Foi uma luta impedi-lo de acompanhar a produção das fotos. A essa altura, nossa única dúvida – minha e de Paulo Renato – se resume numa pergunta: ele curte bater ou apanhar? Pelo que vimos até hoje, parece que as duas situações o excitam igualmente...

Próxima tarefa: cobrar o conto de Lucas Favoretto, meu luminar da literatura desse mês. Está atrasado, eles sempre atrasam. E tenho até medo de cobrar. Com certeza vou ouvir de novo as suas queixas: ele está se separando, a mulher levou tudo do apartamento – tudo, tudo, tudo... Pelo menos deixou o computador para você escrever?, perguntei da última vez, alarmada. Houve um silêncio do outro lado da linha; depois o luminar respondeu secamente que sim, ela deixara o computador. Suspirei de alívio, mas agora ele me acha uma insensível.

Quando estendo a mão para o telefone, ele toca. Atendo e nem sinto surpresa ao ouvir a voz do outro lado. A voz ciciante de sempre:

– Por que você desssligou aquela hora?

– Tive que sair... (Eu não acredito: estou dando explicações a um maníaco).

— Quando eu te pegar, nunca maisss você vai poder sssair. Nunca maisss vai pra lugar nenhum.

Não posso negar que existe algo de poético — de lírico, por assim dizer — nos delírios dele. "Nunca mais você vai pra lugar nenhum". Não é o sonho de todo amante, de todo apaixonado? É o que eu gostaria de dizer para Miguel. Não, Miguel, você não vai mais pra lugar nenhum. Vai pra cama comigo, acorda comigo, toma café-da-manhã, vê televisão à noite, de mãos dadas comigo... Nunca mais vai sair, nem voltar pra tua mulher.

Normalmente, os homens casados contam às suas amantes que a mulher é uma chata, uma neurótica, que só estão juntos por causa dos filhos etc. Miguel não. Miguel nunca fala mal da mulher. Ela é uma artista plástica brilhante, segundo ele — parece que a crítica também acha a mesma coisa. Brilhante, generosa, boa mãe; mas instável, sujeita a depressões. "Quando ela está deprimida, não consegue fazer nada. Fica jogada na cama, você nem imagina". E é difícil para o coitado cuidar da casa e dos filhos, quando ela fica assim. E numa situação dessas, nem pensar em divórcio. Taís não suportaria. O psiquiatra avisara que casos como o dela, às vezes, terminam tragicamente...

Eu ficava perplexa, é verdade, quando às vezes encontrava os dois em festas, ocasiões sociais. Ela era bonita, vestia-se bem, parecia alegre. Quando comentava com Miguel, ele suspirava e dizia: "É... Ontem, graças a Deus, ela estava num dia bom".

Que saudade daquela época em que eu engolia tudo, sem um pingo de descrença. Ficava impressionada, balançava a cabeça gravemente, fazia todos os ruídos adequados de compreensão e simpatia. Miguel dizia que era preciso tomar cuidado com Taís. Ela era frágil. Muito frágil.

Eu não sou frágil. Eu agüento tudo. Não estou aqui, ouvindo Aparício José?

a maldição das cadeiras de plástico

– Eu vou te matar, Ssssara, você vai ver como eu vou te matar.
– Ele está ofegante mas feliz. Fico olhando para a parede, com o olhar perdido, brincando com um lápis, enquanto ele dá o toque final. – Eu sssei a cor e o modelo do ssseu carro, sabia? E a placa também, viu? – Aparício José canta os números, triunfante. – Ssssei onde você mora... Eu vou pegar você.

Talvez eu *devesse* ficar preocupada. Ultimamente, ele está fazendo ameaças mais concretas. Talvez seja melhor chamar a polícia. Mas a verdade é que não faço nada. Depois que ele desliga, continuo sentada no mesmo lugar, olhando a parede, imóvel.

Não consigo acreditar nas ameaças de Aparício José. E se não consigo acreditar, é porque acho que ele não existe. É isso! No fundo, vejo Aparício José como uma personagem que eu criei.

E, na verdade, não é um pouco assim?

No princípio era o verbo. Ou mais exatamente, no princípio eram as cartas.

Taradinho Número Um era contra a seção de cartas, alegando, mais uma vez, que "banalizaria" a *S & M*. Eu era a favor. Chegava tanta coisa! Além das feministas, havia legiões de taradinhos agradecendo, sôfregos, nosso trabalho. Cartas ponderadas elogiavam a "sofisticação" da revista. Cartas mais sinceras eram impublicáveis.

Era gratificante ver meu trabalho reconhecido pelos leitores.

Taradinho Número Um acertara em cheio; tínhamos descoberto uma verdadeira mina de ouro, um filão escondido. Edição após edição se esgotava ao chegar às bancas. A tiragem aumentou. E, como tinha previsto nosso gênio do marketing, logo surgiram os primeiros anunciantes vindos exatamente do cobiçado segmento de luxo. A direção da editora promoveu Taradinho Número Um e aumentou meu salário.

Foi nesse contexto que chegou a carta de Aparício José – uma verdadeira obra-prima.

Paulo Renato ficou horrorizado com a carta. Para falar a verdade, eu mesma me senti um pouco chocada. Mas a essa altura já estava começando a me sentir melhor no emprego, a ter idéias, a querer melhorar a revista; e foi aí que me ferrei.

A introdução era modesta e razoável. Aparício José (assinava assim mesmo, com endereço e RG – que depois descobrimos serem falsos) se dizia um leitor entusiasmado. Elogiava a qualidade da revista, e principalmente a seção de contos. E, já que gostava tanto dessa parte, resolvera nos mandar uma pequena contribuição. Ele também tinha uma certa inclinação literária, escrevia "ficção erótica"...

E aí vinha o conto: a mesma história que ele me conta todas as manhãs pelo telefone, um pouco mais refinada, com os detalhes menos escabrosos. Mas a idéia básica era a mesma: mulher raptada por um homem apaixonado (por assim dizer) sofre os piores horrores nas suas mãos para aprender a "retribuir" o seu amor. A maior diferença é que havia um *happy end*: ela se apaixonava pelo seu torturador, e os dois viviam felizes para sempre.

Ele batendo, e ela apanhando.

Eu sei: falando assim, parece uma baboseira irrecuperável. Mas tinha estilo. Não era pior que a produção média dos nossos luminares da literatura. Um pouco mais violenta, talvez... Mas era bem escrito. Taradinho Número Um também gostou do conto.

– Muito bom. Material de primeira.

Aprovou integralmente a minha idéia, por que não abrir espaço na seção de contos ao nosso leitor? Tanto mais que o próximo escritor convidado estava nos enrolando. Tinha viajado a Cuba; até que voltasse do paraíso do socialismo, dificilmente nos mandaria algo.

E foi assim que publicamos o conto.

a maldição das cadeiras de plástico

Paulo Renato está de volta do almoço, com um ar satisfeito.
— Hoje tinha bacalhau.
Me sinto feliz por não ter descido. Bacalhau e depressão não combinam.
— O babaca ligou?
— Ele não é babaca, Paulo...
— E o Aparício José?
Minto que não. Ele então pega o telefone e inicia uma longa confabulação com a mulher. Paulo Renato é casado e feliz. Do gênero que não fala seis palavras sem enfiar o cônjuge no meio. "A Lenita disse... a Lenita acha... outro dia mesmo a Lenita..." e assim por diante. Do alto da sua felicidade conjugal, Paulo Renato olha para mim — e para o meu sórdido caso com Miguel Arbache — cheio de reprovação.

Fácil pra ele, que à noite chega em casa e encontra uma cama quente.

Enquanto ele telefona, entro na Internet e começo a procurar sites especializados. É interessante, de vez em quando a gente tem uma boa idéia. A tarde se arrasta; Paulo Renato vai ao laboratório; Michel, nosso programador visual, diz que precisamos nos reunir ainda hoje.

Eu e Paulo Renato trabalhamos sozinhos nessa sala. Não há outros jornalistas, o trabalho de edição é todo feito por mim. A redação é pouco visitada. Ficamos aqui nesse ambiente monástico, lidando com perversões, fetiches, crueldades...

Antes, eu dizia a mim mesma que, afinal, era tudo mentirinha. Produzíamos fantasias masturbatórias, que mal poderia haver nisso? Tudo de mentira. Aparício José destruiu essa ilusão.

Ele mandou o primeiro conto e publicamos. Aí, ele mandou o seguinte.

dóris fleury

Antes que alguém me acuse de destruir um talento literário em botão, devo informar que o segundo conto de Aparício José padecia de um problema grave: era igualzinho ao primeiro. Quer dizer, mudavam os nomes dos personagens, algumas circunstâncias; mas a história, basicamente, era a mesma. Homem apaixonado rapta mulher, tranca-a numa casa etc. etc.

Não publiquei, óbvio. Como também não publiquei o terceiro, o quarto, o quinto etc. No total ele mandou uns oito contos. Todos eram iguaizinhos, juro, tenho as cópias para provar. A única diferença significativa era no grau de violência, nos detalhes cada vez mais escabrosos, que me davam calafrios. A coisa foi ficando tão doentia, tão cruel, que quando chegou o oitavo conto, nem sequer li.

Quinze dias depois, começaram os telefonemas.

Não adiantava desligar. Ele voltava a ligar. Tentei não dar muita importância ao caso, mas Paulo Renato, apavorado, foi imediatamente contar a história à direção. A direção, cautelosa, preferiu chamar o Setor de Segurança da empresa. Contrataram um investigador particular, que até agora só conseguiu descobrir que todos os dados de Aparício José eram falsos. Tudo. E que ele só liga de telefones públicos.

A direção hesita em chamar a polícia; prefere que eu tome a iniciativa. Têm medo que um incidente desses atraia atenção indevida para a revista, e pior ainda, para a própria editora.

E assim as coisas se arrastam, há três meses.

Estou parada em frente à tela do computador, quando o celular toca de novo. Me precipito para atender, e dessa vez, meu Deus, que coisa maravilhosa, dessa vez é Miguel!

— Sara?
— Oi!

a maldição das cadeiras de plástico

– Amor, é o seguinte. Sobre hoje à noite... Surgiu um probleminha.

– Não vai dar pra você passar em casa?

Todo o desconsolo do mundo transparece em minha voz.

– Não, não é isso. Mas é que estou com muito trabalho aqui na redação... Acho que só vai dar depois das dez.

– Só depois das dez?

Não vai ficar nem uma hora. O tempo para uma rápida trepada, um banho de chuveiro – tomando cuidado para não molhar o cabelo – e a retirada apressada, que deixa um sabor amargo.

– Pois é, meu amor, é chato, mas fazer o quê? O clima aqui na redação anda péssimo...

O clima em todas as redações é sempre péssimo, mas Miguel não precisa se preocupar com isso. Miguel é um emérito bajulador, sempre foi. A última pessoa no mundo que os chefes demitiriam: afável, serviçal, sempre engolindo os sapos com um sorriso. Um vaselina de primeira ordem.

– A gente fica com medo de recusar serviço. Se eu não tivesse família, juro por Deus que já estava longe daqui.

Os colegas também gostam dele. Com eles, Miguel também é amável. Mais do que amável. Solidário, companheiro. O editor é um filho-da-puta? – dizem todos, revoltados, na redação – Miguel concorda, e ainda acrescenta alguns adjetivos: sem contar que é incompetente. E ignorante, já peguei erros de Português no texto dele. Erros crassos.

Fala sem inibições, o que se diz em mesa de bar não se escreve. O importante é ficar bem com todo mundo. Quem é de esquerda jura que Miguel é petista; os de direita ouvem, comovidos, seus elogios à robusta inteligência dos articulistas da Página Dois. Sem problema.

— Mas você me espera à noite em casa, não espera?

— Espero...

— Faz pra mim aquele bolo de passas que você fazia lá em Trancoso. Lembra? Você ainda tem a receita?

Meu coração se derrete todo. Ele lembra! Ele ainda se lembra de Trancoso!

— Claro que eu tenho, amor — arrulho.

— Então, não vai ser ótimo? — Estou até vendo a piscadinha de olho dele, o jeito apressado de acenar com uma amabilidade e ir cuidar logo dos seus negócios. — A gente se vê lá. Beijinho.

Trancoso. O bolo de passas. Impossível não recordar o início do meu caso com Miguel. Foi há dois anos; quanta coisa mudou, desde então!

Se hoje em dia a depressão da mulher não permite que ele vá até a esquina comprar cigarros, naquela época Miguel não viu problema em tirar quinze dias de férias sozinho. Para espairecer. E foi me encontrar no litoral baiano, onde passei as duas semanas mais felizes da minha vida, sozinha com ele numa casa minúscula.

Como é que as coisas mudaram tanto? — penso. Naquela época, ele parecia tão apaixonado! Mas mesmo então — me corrige a memória — ele nunca falou em separação. Nunca prometeu nada. E depois...

Na minha relação com Miguel, sempre existiu algo de triste e doloroso. Desde o começo, o êxtase se misturava com a dor. No fundo eu não me enganava. Sabia que a felicidade seria pouca, e a dor, infinita.

Ele está longe de ser o homem dos meus sonhos. Nem nos momentos de maior ilusão deixei de ver seus defeitos, sua pequenez. Desde o começo, repito, sabia que a felicidade seria pouca. E que acabaria com muito sofrimento. Aos pouquinhos. Doendo bastante.

a maldição das cadeiras de plástico

Miguel não tem sequer a coragem de dizer: "Acabou, não gosto mais de você". Isso levaria a um rompimento, talvez até a uma briga. Miguel não gosta dessas coisas. Ele quer deixar a história morrer aos poucos.

Os telefonemas são mais esparsos. Os encontros rareiam. E, mesmo quando está comigo, ele às vezes fica distraído, ausente.

Talvez haja outras. Já houve muitas outras. Fiz essa descoberta humilhante investigando por aí, me aproveitando da indiscrição de uma ou outra amiga. Desde que se casou (e ele está casado há muitos anos), Miguel teve muitas amantes. Às vezes, várias ao mesmo tempo.

Não, não me surpreenderia se ele tivesse outra.

Preciso comprar passas. Lá em casa não tem.

A tarde está caindo. Mais chuva, mais frio, mais escuro. Quero sair daqui, mas não posso. Michel acabou de trazer as primeiras páginas do próximo número.

— Você não vai embora? — pergunta Paulo Renato, olhando pela janela. Otimista, como sempre, anuncia: — É uma chuvinha de nada. Pára logo.

— Não posso, preciso acabar essa página...

O celular toca. Aparício José faz sua primeira aparição noturna.

— Vou te pegar, Sssara — repete ele, numa voz cheia de satisfação. — Eu vou te pegar.

Paulo Renato agarra o telefone e esbraveja:

— Escuta aqui, seu filho-da-puta. Eu vou chamar a polícia, entendeu? Cai fora! Vou te botar na cadeia, seu tarado!

Continua vociferando por vários minutos. Fico feliz que se preocupe comigo; mas ao mesmo tempo, me sinto humilhada. Não era ele quem devia estar no telefone, gritando. Era Miguel. Por que Miguel não me protege desse louco? Não valho nada, nem meu homem quer me defender...

As lágrimas começam a descer pelo meu rosto.

— Vamos pra casa, Sara — diz Paulo Renato, já de casaco. Olha para mim, compadecido, do alto do seu metro e oitenta. Metro e oitenta! Deve encher a cama toda, o quarto todo. Que sorte a da Lenita. Dorme com ela, acorda com ela, toma café-da-manhã com ela. No fim-de-semana faz feira, volta reclamando do preço do tomate.

Ah, a agonia de ver a felicidade dos outros, de nariz colado na vidraça.

— Ainda não terminei aqui...

— Amanhã você termina.

Me pega pelo braço e vai me escoltando até o estacionamento, sem parar um minuto com a bronca. Quem eu penso que sou? Alguma supermulher, capaz de vestir um escudo impenetrável, no dia em que Aparício José sair das trevas? E mesmo que ele nunca saia — como insisto em afirmar — olha só o que o cara está fazendo comigo. Mais algumas semanas, e estarei um caco, imprestável. Mas não, prefiro bancar a poderosa, a onipotente, não é?

Me sento ao lado dele, sem retrucar. É claro que ele tem razão. Mas eu não chorei por causa de Aparício José. Aparício José é um conto de fadas, comparado à minha história com Miguel.

— ... o mais importante agora é chamar a polícia, mas tem outras coisas que você pode fazer. Jogar fora o celular, por exemplo. Te deixa estressada, e é um número a mais pra ele ligar. Depois você muda o telefone de casa...

Paulo Renato fala, fala sem parar, até que finalmente chegamos à minha rua. A três quarteirões do meu prédio, peço para descer. Ele me olha, surpreso:

— Ué, você não vai pra casa?

— Preciso comprar umas coisas no supermercado.

— Eu te espero.

a maldição das cadeiras de plástico

— Não, imagina, de forma alguma – já estou saindo do carro. – Vai logo pra casa, senão a Lenita fica preocupada.

Ele me dá um beijo rápido, fecha a porta. De repente, num súbito impulso, bato no vidro:

— Paulo Renato!

Ele abre prontamente a porta. Me olha com atenção, pronto para ouvir.

Fico ali, parada, olhando para ele. O que dizer a esse homem? "Obrigada, você é maravilhoso. Me faz mais um favor? Venha pra casa comigo, e não me deixe abrir a porta pra ninguém. Está tão frio, Paulo Renato..."

— Não esqueça das fotos da dentucinha, amanhã.

— Claro – diz ele, fechando a porta.

Um minuto depois, já está longe. Entro desconsoladamente no supermercado, para comprar as passas.

O celular toca de novo no pior momento possível – quando estou chegando em casa, carregando uma enorme sacola de supermercado, e usando a mão livre para extrair a chave de dentro da bolsa. Na aflição de atender, quase deixo cair as compras.

— Amor.

— Sou eu, Miguel.

— Que pena, minha querida...

A voz dele tem nuances de simpatia e compreensão, mesclados com a tristeza mais profunda, uma melancolia irremediável...

— Pelo amor de Deus, Miguel...

— Não vai dar, meu bem. Hoje não vai dar.

Fico um minuto em silêncio, absorvendo o choque, olhando para a porta fechada do meu apartamento. A sacola de supermercado começa a pesar, a doer em meu braço.

— Mais trabalho na redação, imagino...

— Não, meu amor, não é isso. Não seja injusta. Termino aqui correndo e vou pra casa, a Taís me ligou dizendo que não está bem. Ela já estava meio ruim hoje, de manhã nem quis se levantar. É a depressão de novo. Vou passar a noite em casa, tenho medo de deixá-la sozinha...

Vou ouvindo o que ele fala e, pela primeira vez desde que o conheci, não acredito em uma só palavra. Nem uma. É tudo mentira. E mentira mal-alinhavada, ele nem se preocupa em elaborar. Se Taís estava tão deprimida, por que ele não me contou de manhã? E de repente me lembro daquela mulher que vi em festas, risonha, alegre, bonita... Depressão? Como fui idiota.

Respondo apaticamente, ele desliga depois de mais algumas amabilidades, oh, querida, sinto tanto... Finjo que acredito em tudo, dói menos do que ficar discutindo com ele.

Entro em casa, fecho a porta, me jogo no sofá e começo a chorar.

São sete horas. Ainda é cedo. Essa vai ser uma longa noite. Sei que não vou comer, nem dormir. Sei que vai ser difícil reunir energia até para sair desse sofá e tomar um banho.

Não é nada demais, só um encontro cancelado. Ele já cancelou tantos, nos últimos meses... Mas hoje é diferente. É como se só agora a solidão tivesse se tornado insuportável. E a verdade também, a verdade que vai subindo à tona devagarinho, ocupando espaços, destruindo resistências.

Ele tem outra. Agora não é mais uma suspeita, é uma certeza. Eu já deveria ter percebido antes, em tantos pequenos indícios: esse afastamento lento, esses encontros desmarcados, esse ar absorto... Pensei que estivesse simplesmente enjoado de mim, mas a verdade é bem pior: ele arranjou outra.

a maldição das cadeiras de plástico

De repente, tomo uma decisão. Não vou ficar aqui passiva, feito um carneiro. Não vou passar a noite chorando, deitada no sofá.

Desço até a garagem e pego o meu carro. É dia de rodízio, mas que se dane a multa. Vou à revista, sei que ele nunca sai antes das oito.

Contrariando as previsões de Paulo Renato, a chuva apertou. Vários quarteirões depois da minha casa, começo a notar um carro branco atrás de mim. Sempre atrás. Se viro, ele vira; se diminuo a velocidade, ele também diminui... Na chuva torrencial, não consigo distinguir os contornos do carro. Mas não há dúvida, está me seguindo.

Mas o que importa, agora, é chegar à revista antes que Miguel saia.

O trânsito está horrível, mas por milagre consigo cortar caminho. Em meia hora estou na sede da revista. Quando estaciono na calçada em frente à entrada principal, o carro branco sumiu, e a chuva parou.

Ligo para a redação.

– Alô, por favor, o Miguel está?

– Está sim, quem quer falar com ele?

Desligo o celular. Ele ainda não saiu. Continuo parada no meu posto, rígida, imóvel, tremendo de um frio que não tem nada a ver com a temperatura exterior.

Felizmente está escuro, ninguém pode ver que estou aqui. Vários conhecidos saem do jornal, e eu me afundo em minha poltrona. E se eles me vissem desse jeito? Aflita, despenteada, com o rosto manchado de choro? Alguns sentiriam pena, outros dariam uma risadinha irônica... Apesar de todas as precauções de Miguel, nosso caso não é segredo para ninguém.

Quinze minutos depois, um vulto vestido de calça escura e camisa branca sai do prédio. Meu coração começa a bater violentamente, como que em pânico. Minha garganta se aperta, me sinto sufocada. As lágrimas voltam a saltar dos olhos.

A pior sensação do mundo. E dizem que é amor.

Faz quinze dias que não o vejo; meu olhar faminto passeia por ele. Acho que cortou o cabelo, está de novo com aquela gravata horrível – ah, meu Deus, se eu pudesse tocá-lo só um pouquinho! Só por um minuto! Mas com toda a sua diplomacia, ele ficaria furioso se eu saísse do carro. Começaria a me chamar de "querida" daquele jeito horrível...

Talvez *ela* esteja lá, na redação... Mas não, ele está tomando o táxi sozinho. Talvez Miguel esteja dizendo a verdade. Talvez vá mesmo pra casa, ficar com a mulher.

Quando o táxi se afasta, também dou a partida e começo a segui-lo. Com o trânsito quase parado, é fácil; mas tomo o cuidado de ficar sempre um pouco atrás. Não quero que ele reconheça meu carro.

O táxi pega uma rua menos movimentada. Miguel não olha para trás. Continuo seguindo o táxi. Já sei que ele não está indo para casa; na verdade, está tomando a direção oposta. Mentiu para mim.

Até que finalmente o táxi pára em frente a um edifício, e Miguel sai. Está conversando com o porteiro. O porteiro fala pelo interfone.

Minutos depois, um vulto feminino sai do elevador. Miguel vai ao seu encontro, beija-a na boca, e os dois, abraçados, saem para a rua. Entram juntos no táxi. O carro sai na minha frente e, dessa vez, não o acompanho: fico olhando de longe, inerte.

Uma hora depois, dou a partida no meu carro e saio.

Voltou a chover. Chove forte. Mesmo assim, não ligo o limpador de pára-brisa. As imagens dos carros na minha frente se fundem em borrões. Da janela de trás, entretanto, posso ver o carro branco me seguindo de novo.

Deve ser Aparício José.

VESTIDA DE ROXO

Coxinha. Risólis. Quibe. Empadinha.

Só Deus sabe o que estou fazendo nessa festa. E, já que estamos falando Dele, por que o Senhor não me fulmina nesse exato instante, e me faz cair no meio do tapete vermelho de titia? Estragava a festa e terminava a minha aflição.

Minha vida nunca foi fácil. Nenhum pedaço dela. Mas se eu fosse escolher o pior momento, seria esse: eu aqui, nessa porra desse casamento, vestida e penteada feito uma perua enlouquecida, bebendo um uísque que desencavei a duras penas e rezando pra ficar de pileque bem depressa.

Não basta receber o maldito convite. Não basta se sentir uma trouxa, a última das idiotas, que ainda na semana anterior trepou com o noivo no banheiro dos pais dele – que acontecem de ser meus tios. Não, nada disso basta. Ainda por cima eu tinha que comparecer ao enlace, obedecendo ao pé da letra o convitinho branco e dourado.

Lantejoulas pretas (a madrinha). Seda cor-de-rosa (minha tia). Organdi estampado (minha avó). Cetim pérola (a vagabunda da noiva).

Explicações? Quem disse que eu mereço explicações? Quem disse que ele pegou o telefone pra dizer qualquer coisa, dar uma desculpa à-toa, chamar para uma conversa? Ora, ora, mas quanta pretensão a minha. Um caso como o nosso, que vem láaaa da adolescência, e hoje se resume a três trombadas anuais, tem essa vantagem: não precisa nem ser encerrado. Se fiz fantasias feito idiota – problema meu.

Sabe qual é a pior parte? Eu nem sabia da existência dessa fulana. Nem imaginava. Do dia pra noite, ele apareceu com a loirosa; diz que conheceu num bar, por acaso. Imagino: um desses lugares de Moema onde ele e a sua tchurminha vão tomar chope na sexta à noite e procurar umas gatas. De preferência loiras. De preferência sem cérebro.

Marcha nupcial. Valsa de Strauss para os velhos dançarem. Rock para os jovens rebolarem.

Foi melhor assim. A gente nunca combinaria – fora da cama, é claro. Eu não tive outros namorados? Então. Dia desses também caso. De preferência, com um cara que tenha alguma coisa a ver comigo. Que vá ao cinema ver filme do Fassbinder e não comece a roncar na poltrona ao lado. Imagine só: o que eu ia fazer com um traste desses? Não é que ele seja burro, só aposentou o cérebro. E com certeza não foi por tempo de serviço.

Não, estou sendo injusta. A única burra aqui sou eu. Euzinha. Uma debilóide completa. Fico me achando muito inteligente mas não consegui nem sequer bolar uma desculpa pra não vir nessa merda dessa festa. Que ódio. Está cheia, lotada. Todas as minhas primas e amigas de infância. Todo mundo casado.

Preciso ir ao banheiro.

Quanto tempo mais eu tenho que ficar aqui trancada? Até melhorar a cara de choro, imagino. Deixa eu ver no espelho... Merda, meu nariz parece um pimentão. Se sair daqui agora, vou dar a maior bandeira. Umas três pessoas já bateram na porta.

– Tem gente!

a maldição das cadeiras de plástico

O que pode ser mais humilhante do que isso? Por que essas pessoas todas não somem, desaparecem? Ou vão fazer pipi lá fora, na grama do jardim?

É claro que ele não me escolheu. É lógico que não. Quem quer casar com prima? Que graça tem? Já imaginou minha mãe de sogra? Já imaginou acordar toda manhã e ver no travesseiro vizinho o invencível narigão da família? É claro que ele não quis.

Sem falar que. A loira pode não ser nenhum prodígio intelectual, mas é bonita. Gostosa. Tudo no lugar certinho. Tem bunda – eu não tenho. Tem peito – seja ou não de silicone. Quem gosta de magricelas são as editoras de moda. Os homens, que não entendem de moda, preferem um bom coxão para apalpar.

É esse o problema todo. Eu sou feia. Eu sou magricela. E estou chorando de novo.

– Tem gente!

Estrogonofe com arroz e batata palha. Salada de grão de bico. Musse de alcachofra.

Olha lá ela, na fila dos cumprimentos. Está com o mesmo sorriso congelado no rosto há meia hora. Beijando e abraçando gente que nunca viu mais gorda. E o pústula todo apaixonado, pendurado no braço dela.

Quanto será que custou o vestido dela? Ouvi falar que o pai tem grana. E o vestido é bonito. Bem bonito. Melhor que esse horror que estou vestindo – roxo e amarelo, não sei o que me deu na cabeça. A costureira da minha mãe mostrou o modelo: uma graça, decote solto para realçar o busto, alça de tirinha, saia reta. "Adorei!", eu disse, toda esganiçada, numa espécie de delírio. "Mas quero mudar as cores". E que cores você quer?, ela perguntou, amavelmente.

Todo mundo que me vê olha horrorizado e balbucia: "Mas que vestido... diferente, o seu".

Como eu queria que ela, com sua maquiagem perfeita, com seu vestido lindo, com seu cabelo platinado, com sua bunda maravilhosa, caísse morta aqui e agora, na frente de todo mundo.

Uísque. Cerveja. Batida de vinho. Champanhe.

Ah, mas eu vou me vingar dela. Eu vou. O que ela tem que eu não tenho? Por acaso já chorou por ele? Já foi encontrar com ele escondida? Já emprestou grana pra ele pagar dívida de jogo? Já fez um aborto dele?

Não. Não fez nada disso.

Juro por Deus que vou trepar com o marido dela. Hoje mesmo. E arruinar essa bosta de casamento.

Olho-de-sogra. Beijinho. Cajuzinho. Brigadeiro.

Preciso entrar na fila dos cumprimentos.